Sleeping Tiger

眠れる虎

ロザムンド・ピルチャー 著
野崎 詩織 訳

BあBEL
バベルプレス

目次

第一章

　そのウエディングドレスはクリーミーホワイトで、貝殻の内側のように、ほんのりとピンク色に見えた。セリーナが前へ進むと張りのある薄い絹で作られたドレスの裾が赤い絨毯を撫で、振り返ると足もとにぴたりと留まった。彼女はまるで、豪華なプレゼントのようにドレスに包まれるのを感じた。

　ステビング嬢が、女性らしい高めの声で言う。「まあ、これより素敵なドレスをお選びになることはできませんわ。とてもよくお似合いです」「さあ、丈はどうかしら？」

「わからないわ。どうお思いになって？」

「少しピンで留めさせてくださいね……ベロウ夫人？」呼ばれるまで隅に立って待機していたベロウ夫人が、前へ進み出て来た。ステビング嬢はドレープのかかったクレープ生地の服を纏っていたが、ベロウ夫人は黒いナイロンのオーバーオールを着て、その靴は、見たところルームシューズのようであった。ベロウ夫人はベルベットの針山をゴムで手首に留めており、ひざまずいてドレスの一部をピンで留めていった。セリーナは鏡を見つめた。彼女はステビング嬢が言うとおりに、ドレスが、自分に似合っているのかどうかよくわからなかった。そのドレスを着るとセリーナは一層痩せているように見えたし（確かに彼女は痩せた覚えは無かったのだけれど！）、それにあたたかい色合いは、その肌の蒼白さを強調するにすぎなかった。口紅は落ち、耳が目立っている。髪をゆすって耳を隠そうとしてみたが、ステビング嬢が頭の上にセットしてくれたサテンのコロネット（訳注1）がずれてしまっただけで、元に戻そうと手を伸ばすと、ドレスの裾の仮留めを台無しにしてしまった。するとベロウ夫人は、まるで恐ろしいことでも起こったかのように歯の隙間から息を深く吸い込んだ。

「ごめんなさい」セリーナが言った。

ステビング嬢はあわてて微笑み、たいしたことではないところを見せようとして、会話を楽しむように話しかけてきた。「幸せなお日にちはいつですの？」

「おそらく一か月後に……なると思います」

「盛大な結婚式ではありませんこと……？」

「いいえ」

「そうですよね……このような事情ですから」

「わたし本当はちゃんとしたウエディングドレスなんて望んでいなかったんです。でも、ロドニー……いえ、アックラントさんが……」セリーナはまたもやためらってから言った。「わたしのフィアンセが……」ステビング嬢はいやらしいほど親切そうな笑顔を見せた。「彼が着たほうがいいって。彼は、わたしのおばあ様が純白のドレスで結婚式を挙げることを望んでいたって言うのですもの……」

「もちろん奥様はそれを望んでいらっしゃいました。まったくおっしゃるとおりですわ！　それにわたくし常々思うのですが、とても小ぢんまりとした、静かな結婚式を純白なドレスでなさるのは、それだけで特別に素敵なこと。花嫁付添人はいらっしゃらないの？」

　セリーナはうなずいた。

「素敵！　お二人だけで。ベロウ夫人終わりました？　さあ、お気に召しまして？　二、三歩前へ出ていらして」セリーナは素直に行ったり来たりした。「良くなったわ、つまずかせてはなりませんからね」

　セリーナはサラサラと音をたてる絹織物に身を包んだまま、わずかに体を動かした。「かなりゆるいように思いますが」

「痩せられたんじゃないかしら」と言ってステビング嬢は指でピッタリとくるように優しく生地を引っ張った。

「多分、結婚式までにはまた太るわ」

「それはどうかしら、少しだけ手直しした方がいいわ、念のために」

　ベロウ夫人は膝を上げて立ち上がると、二、三のピンをウエストのラインに留めた。セリーナは振り返り、少し歩いてみて、最後にジッパーを開けてそっと頭から脱ぐと、ドレスはベロウ夫人の腕にふんわりと載せられた。

「いつごろできます？」セリーナは頭からセーターをかぶりながら聞いた。

「二週間後には、と思います」ステビング嬢が言う。「それで、こちらの小さなコロネットにお決めになります？」

「ええ、そうですね。とてもシンプルだから」

「美容師さんにお見せできるように、二、三日早くお届けいたしますね。かわいらしく見せるなら、髪を後ろで束ねるといいですよ。それで髪をコロネットに通して……」

　セリーナは自分の耳が大きくて不恰好だ、ということが頭から離れなかったが、弱々しく「ええ」と言ってスカートに手を伸ばした。

「それと、靴の方もご覧になります、ブルースさん？」

「いいえ、何か白い靴を買うつもりです。ありがとう、ステビングさん」

「どういたしまして」ステビング嬢はセリーナのスーツのジャケットを差し出すと、着るのを手伝った。ステビング嬢はセリーナがおばあ様のパールをしていることに気が付いた。留め具にサファイアとダイヤモンドがあしらわれた、二連のネックレスだった。さらに、大きなスターサファイアがパールやダイヤモンドの台にはめ込まれた、エンゲージリングにも気が付いた。ステビング嬢はそれについて触れたかったが、詮索好きで、品が無いと思われたくはなかった。それで、それについては何も訊かず、淑女らしく黙って、セリーナが手袋を持ち上げるのを見ると、試着室の金蘭のカーテンを手で押さえて、入り口まで送って行った。

「さようなら、ブルースさん。来ていただいて本当に光栄でした」

「ありがとう、さようなら、ステビングさん」

　セリーナはエレベーターで階下に降り、様々な売り場を通って、ついに回転扉を抜けると、通りへと出て行った。暖房の効きすぎたお店のなかにいたので、三月の戸外は、刺すように寒く感じられた。頭上では空が青く、素早く動く雲の流れが模様をなしており、セリーナは、タクシーを呼ぼうと歩道の端まで来たが、風で髪が顔に覆いかぶさり、スカートはめくれ、ほこりが目に入った。

「どちらまで?」と、タクシーの運転手が訊いた。派手なチェック柄の帽子を被った若者だった。彼は見たところ、暇な時間には、ドッグレースにグレイハウンド(訳注2)を出して、賭けをしていそうに見えた。

「ブラッドリーへお願いします」

「承知しました!」

　タクシーは清潔な消毒剤の香りがしたが、どことなく古い葉巻の匂いがまだ残っていた。セリーナは目に入ったほこりをぬぐい、窓を回し開けた。公園ではラッパズイセンが風に揺れ、女の子が茶色い馬に乗り、木々は緑のうすもやでおおわれて、その葉はまだすすや街のほこりにさらされていなかった。今日は、ロンドンにいるのがもったいない一日だった。田舎へ行って丘を登ったり、海岸に駆け下りたりするのにふさわしかった。街路や歩道はランチタイムで行き来する人、ビジネスマン、買い物をする女性、タイピスト、ビート族、インド人たちの群れでいっぱいで、恋人たちが指を絡み合わせ、他愛のない話で笑い合っていた。歩道では、女性が手押し車でスミレの花を売っていたし、サンドイッチマンの広告を下げた年取った浮浪者さえ、側溝づたいに行ったり来たりしながらも、たるんだオーバーコートの襟には、意気揚々とラッパズイセンの花を挿していた。

タクシーはブラッドリー通りへ曲がり、ホテルの前で止まった。ドアマンがタクシーのドアを開けに来て、セリーナを降ろしてくれた。彼はセリーナを知っていた、というのもセリーナのおばあ様、年取ったブルース夫人を知っていたからだ。セリーナはまだ幼い少女の頃からおばあ様と一緒にランチに来ていたのだ。いまでは、ブルース夫人は亡くなり、セリーナ一人で来ていたのだが、ドアマンはまだ覚えていて彼女を名前で呼んだ。

「おはようございます、ブルース様」

「おはようございます」彼女はバッグを開けて、小銭を探した。

「いいお日和ですね」

「ひどく風が強いけど」彼女はタクシーに金を払い、礼を言うと、ホテルのドアの方へ振り返った。「アックラントさんはもう来ているかしら？」

「ええ、五分くらい前に」

「まあ、何て事、遅刻だわ」

「さほど、お気になさらずとも」

ドアマンは彼女のために回転ドアを回し、セリーナはあたたかく贅沢なホテルのなかへと入って行った。新しい葉巻の匂い、温かく美味しい料理の匂い、花や香水の香りがした。品のいい人たちの少人数のグループが、それぞれ座っている。セリーナは風に吹かれて髪型が崩れ、乱れているのを感じた。静かに化粧室の方へと向かおうとすると、バーの近くに一人で座っていた男が彼女を見て立ち上がり、近づいて来た。背が高く顔立ちが美しい、三十代半ばの男で、典型的なビジネスマンの服装であるダークグレイのスーツと、薄くストライプの入ったシャツに、目立たないしま模様のネクタイという装いだった。その顔にはしわが無く、目鼻立ちが整って、耳は頭にぴたりとついていたし、茶色の髪は濃く滑らかで、白く光る襟足のところまで伸びていた。仕立てのいいチョッキに、懐中時計の金の鎖が掛けてあり、カフスボタンと懐中時計も、ともに金でできていた。その外見はそのまま彼の人となりを示していた。社会的地位が高く、身なりは整い、育ちは良いが、いささか気取っていた。

彼は言った。「セリーナ」

彼女は化粧室へと逃げ込もうとしていたが、突然さえぎられ、振り向いて彼を見た。

「まあ、ロドニー……」

彼女はためらった。彼はセリーナにキスをし、言った。「遅かったじゃない」

「わかっているわ、ごめんなさい、道路が渋滞していて」

彼の目は、かなり優しそうではあったが、彼女の身なりが整っていないと言いたげだった。セリーナがちょうど「お化粧直しに行かなくちゃ」と言おうとしたところで、ロドニーが「行って、化粧を直しておいでよ」と言ったのだ。これにはイライラした。化粧室へ行こうと思っていたのに、あなたが声を掛けたのよ、とでも言おうかと思ったが、一瞬ためらってから、そんな手間をかけるほどのことでもないと思いなおした。

そこで、何も言わず彼女は微笑み、ロドニーも微笑み返した。見たところまったく折り合っていて、一時的に離れただけだったのだ。

彼女が栗色の髪をまっすぐに梳かし、化粧を整え、新たに口紅を引いて戻って来ると、彼は少しカーブのきいたサテンのソファーに腰を下ろし、待っていた。目の前には小さなテーブルがあり、そこには彼のマティーニと、セリーナのために彼がいつも注文する、淡い辛口のシェリー酒が置かれていた。彼女はロドニーの隣に行って座った。「ハニー、何よりも先に、今日の午後の予定を取りやめにすることを言っておかなくちゃならないんだ。お客さんが二時に会いに来るんだ、かなり大事な男でね、大丈夫？　明日には埋め合わせをするよ」と、ロドニーが言った。

予定では、ロドニーが借りたマンションへ行くことになっていたのだ。新婚生活をスタートするつもりであったマンションだ。最近ペンキの塗り替え、配管整備、電気工事が完了し、あと二人がしなくてはならないことは、サイズを測ったり、カーペットや絨毯を選んだり、色使いを考えたりすることだけであった。

セリーナは、もちろん構わない、と言った。明日も今日と同じように都合が良かった。リビングルームの絨毯の色を決めたり、花柄か、ベルベットかを選んだりしなくてはならなくなる前に、二十四時間の猶予を与えられたのをひそかにありがたく感じた。

ロドニーは彼女が黙認してくれたことに気を良くして、再び微笑んだ。彼女の手を取ると、サファイアが細い指の真ん中に来るようにエンゲージリングを少し回して、言った。

「それで午前中は何をしていたんだい？」

この様な単刀直入な質問に、セリーナはロマンチックとしか言いようのない答えを返した。

「ウエディングドレスを買っていたの」

「ハニー！」彼は嬉しそうにしていた。「どこで買ったの？」

セリーナは彼に話した。「とてもありきたりに聞こえるってことはわかっているけれど、ステビングさんのところよ。彼女は有名デザイナーのイブニングドレスの売り場を任されていて、わたしのおばあ様がいつも行っていたの。それで、誰かわたしを知ってくれている人が居るお店の方がいいかと思って。そうでないと、わたしは多分恐ろしい失敗をしたり、なにか変な物を買ってしまったりするでしょう」

「へえ、どうして？」

「まあ、あなたも知っているでしょう、わたしがどんなにお店が苦手かってこと、何でも買わされてしまうわ」

「どんなドレスにしたの？」

「ええ、純白で、どちらかというとピンクがかったクリーミーホワイトね。うまく説明できないけれど……」

「長袖？」

「ええ、そうよ」

「それで、丈は短いの？　長いの？」

短いか、長いか！　セリーナはロドニーをじっと見つめた。「短いか、長いかですって？　長いに決まっているわ！　まあ、ロドニー、あなたはわたしが短いウエディングドレスを買うべきだったと思っているの？　わたし、丈の短いウエディングドレスを買おうなんて思ったことないわ。売っているかどうかさえ、知らないもの」

「ハニー、そんな心配そうな顔しないで」

「もしかしたら、短いのを買うべきだったのね。控えめな結婚式なのに長いドレスだなんて、おかしいかしら？」

「変えてもらえば」

「いいえ、無理よ、仕立て直しているんですもの」

「それじゃあね……」ロドニーはセリーナをなだめた。「それならかまわないさ」

「わたし、ばかみたいに見えると思う？」

「もちろん、そんなことは無いさ」

「とっても可愛いよ、本当に」

「保証するよ。それと君に報告があるんだ。アルトゥールストーン氏に話したんだ。それで君を祭壇まで導くことを承諾してくれたよ」

「まあ！」

　アルトゥールストーン氏とは、ロドニーの共同経営者で上司の年老いた独り者で、それなりに頑迷な男であった。アルトゥールストーン氏は膝の関節炎を患っているので、アルトゥールストーン氏に導かれるというよりは、氏を連れてバージンロードを歩かなくてはならないのかと思うと気が進まないのであった。

　ロドニーは眉を上げて続けた「ダーリン、もう少し喜んでほしかったな」

「まあ、喜んでいるわ。ご親切に引き受けてくださったのだもの。だけど、誰か他には本当に居ないの？　わたしたち二人で教会へ行って、あなたとわたしでバージンロードを歩いてそれで結婚するっていうのはできないのかしら？」

「そんなこと無理に決まっているさ」

「けれどわたしは、アルトゥールストーン氏のことはほとんど知らないし」

「もちろん知っているじゃないか。ずっと君のおばあ様の仕事にかかわってきたのだろう」

「でもそれでは知っているうちに入らないわ」

「彼と一緒に祭壇まで歩いてくれればいいんだよ。誰かが君を導いていかなければならないんだから」

「どうしてだかわからないわ」

「ダーリン、そういったことになっているんだよ。それに他には誰も居ないだろう。君もわかっているね」

そう、もちろんセリーナはわかっていた。父は無く、祖父も、叔父も、兄弟も、誰も居なかった。アルトゥールストーン氏だけであった。

セリーナは深いため息をついた。

ロドニーは彼女の手を軽くたたいた。

「いい子だ！　さて、君を驚かせることがあるんだ。プレゼント」

「プレゼント？」彼女は興味をそそられた。この明るい三月の日に、春のようなうきうきした気分がロドニーにも影響を与えるってことがありえるのかしら？　彼がセリーナとのランチの約束にブラッドリーへ歩いて来る道すがら、魅力的なブティックで何か役に立たない他愛もないものを、彼女の今日の一日に、小さなロマンをもたらそうと、買ってきてくれたのかしら？「プレゼントがあるの？　どこに？」

(彼のポケットの中かしら？　高価なプレゼントは小さな箱に入っているのよね)

ロドニーは後ろに手を伸ばし、文房具店の紙と紐に覆われた包みを取り出した。どう見ても中身は本だった。

「これだよ」彼は言った。

セリーナはがっかりしたところを顔に出さないようにつとめた。

それは本だった。セリーナは面白い本であることを願った。

「本ね！」

包みはずしりと重かった。大笑いできるようなものであってほしかったのだが。教育的な、深く考えさせられる書物で、現代の数々の社会問題を扱う知的な内容かもしれなかった。それか、旅の本で中央アフリカの種族かどこかを取材した人が、彼らの慣習について過剰に書き立てたものかもしれなかった。ロドニーはセリーナの知性を高めることに熱心で、彼女が雑誌や単行本、推理小説などを好む、顕著な傾向に深く心を痛めていたのだ。

それは他の芸術的分野についてもいえることだった。セリーナは芝居が好きであったが、二人の登場人物が、ゴミ缶のなかで暮らす四時間ものの忍耐テストには我慢ができなかったのである。同じようにバレリーナがチュチュを着て踊るバレエや、チャイコフスキーの音楽はとても好きだったが、その音楽の鑑賞能力には、バイオリンのソロコンサートは含まれていなかった。決まって、酸っぱい梅の実でも噛み潰したような思いになるからだった。

「ああ」とロドニーは言った。「これ自分でも読んだけれど、とても感銘を受けたんで、君にも一冊買ってきたんだ」

「うれしいわ」彼女は包みを慎重に見定めた。「どんな本なの?」

「これは地中海の島の話さ」

「面白そうね」

「思うにこれは自叙伝みたいなものだな。この男は六、七年前に島で暮らし始めたんだ。家を改造して、現地の人ととても親しくなった。彼のスペイン式ライフスタイルの解説がとてもバランスが取れていて、すこぶる健全だと思ったんでね。君も気に入ると思うよ、セリーナ」

セリーナは言った。「ええ、きっとそう思うわ」そして包みをソファーの自分の脇に置いた。

「わたしのために買ってきてくださって、本当にありがとう、ロドニー」

ランチの後、二人は歩道で向かい合って立ち、別れを告げた。ロドニーは山高帽を鼻の頭まで被り、セリーナは包みを抱えていた。髪の毛は風で吹かれて顔にかかっていた。

彼は尋ねた。「午後はどうするつもり?」

「そうね、わからないわ」

「ウールランドまで散歩してカーテンを決めてきたらどうだい? もしいくつか生地の見本を持ってこられたら、明日の午後マンションに行く時に持っていけるじゃないか」

「そうね」それはもっともな提案だった。「いい考えね」

彼はセリーナを元気づけるように微笑んだ。セリーナは微笑み返した。

「それじゃあ、さようなら」彼が言った。往来では彼女にキスはしなかった。

「さようなら、ロドニー、お昼をごちそうさまでした、それとプレゼントも」セリーナは忘れずに言い足した。

彼は手で小さく、ランチだろうがプレゼントだろうがたいしたことではない、というように合図した。そして最後に笑顔を見せると、彼女を残して立ち去り、傘をステッキのようにして、慣れた様子で足早に歩道の人混みに紛れて行った。彼が振り向いて最後に手を振ってくれるのを半ば期待して待っていたが、彼はそのまま行ってしまった。

セリーナは一人になりため息をついた。昨日より陽はあたたかかった。雲が全て吹き去られ、セリーナは風通しの悪い店内に座って、リビングのカーテンの生地の見本を選ぶかと思うと、耐えられなかった。彼女は当てもなくピカデリー街へと歩いて行った、身の危険を冒して道路を渡ると公園へ向かった。木々は最もきれいな時期で、草はもう冬のくすんだ色ではなく、新たに緑色に芽吹いていた。草地の上を歩くと、草が折れて夏の芝生のような新鮮な匂いがした。黄色と紫のクロッカスの絨毯が広がり、ベンチが二つひと組で、木々の下に置かれていた。

セリーナはそのうちの一つに腰かけ、足を伸ばして背をもたせ掛け、顔を日差しの方へ向けた。すぐに温かさで肌がチクチクと痛み始めた。体を起こすと、スーツのジャケットを脱ぎ、セーターの袖をまくり上げ、こう思った。ウールランドへは明日の朝ゆっくりと行けばいいわ。

子供が三輪車に乗って、そばを通り過ぎて行った、その後ろから父親が小さな犬を連れて歩いてくる。子供は赤いタイツに青いワンピースを着て、髪に黒いヘアーバンドをしている。父親はとても若く、タートルネックのセーターにツイードのジャケットを着ていた。子供が三輪車を止めてクロッカスの匂いをかごうと草地に行っても、父は止めようとはせず、三輪車が転がって行かないように抑えながら、見守り、少女が身をかがめて赤いタイツが可愛く丸見えになるのを見て、微笑んでいた。少女は言う。「これ匂いがしないわ」

「聞けば、教えてあげたのに」と父が言う。

「なんで匂いがしないの？」

「わからないな」

「花はみんな匂いがするものだと思っていたわ」

「ほとんどの花はね。さあ、おいで」

「摘んでもいい？」

「駄目だよ」

「どうして駄目なの？」

「公園の管理人さんが嫌がるよ」

「どうして嫌がるの？」

「規則だからね」

「なぜ？」

「それはね、他の人も花を見たいからさ。さあ、こっちへおいで」

少女は戻って来て、再び三輪車によじ登り、ペダルを踏んで父の先に立って小道を下って行った。

　このささいな光景を見つめているうちに、幸福感と物悲しさでセリーナの心は千々に乱れた。彼女は生涯ずっと、他の家族や子供たちや親たちの暮らしに耳をそばだて、盗み聞きしてきたのだった。こういった他の人々に対する姿勢は、彼女を尽きること無き思索へと促すのであった。子供の頃は乳母のアグネスに連れられて公園に来たが、セリーナはいつも恥ずかしそうに躊躇しながら他の子供たちが遊んでいる端で、仲間に入れてもらうのを心待ちにしながらも、びくびくするばかりで入れてほしいと頼めなかったのだ。彼女が仲間に入れてもらえるのは、ごくまれだった。彼女の身だしなみはいつも整っていて、アグネスがそばのベンチに腰掛けて編み物をしていたし、おそらく近寄りがたく見えたのだろう。もしブルース夫人が見たら間違いなく「ふさわしくない」とみなすであろう子供たちの集団にセリーナがまざって遊んでいると、アグネスは毛糸玉を巻き上げて編み針を刺し、クイーンズ・ゲイトへ帰る時間だと知らせたものだった。

　そこは、女所帯、つまりブルース夫人が仕切る女性だけの小さな世界であった。アグネスはかつてブルース夫人のメイドであったし、コックを務めたホプキンス夫人もセリーナも、皆ブルース夫人に従順な者たちだった。そして夫人の弁護士であるアルトゥールストーン氏、あるいはここ最近では氏の代理を務めるロドニー・アックラントを除いて、男性がこの家に出入りすることはめったに無かった。パイプの修理をしたり、ペンキを塗ったり、メーターを読んだりするために誰か男性がやってくると、セリーナが彼らのそばにいて、質問を投げかけている姿が必ず見られた。その人は結婚しているのか？　子供はいるのか？　子供はなんていう名前なのか？　お休みの日にはどこに遊びに行くのか？　アグネスを不機嫌にさせることはあまりなかったが、これはその一つであった。

「もしおばあ様がそれを、つまりあの人たちの仕事の邪魔をしていることを耳にしたら、一体、どう言うでしょう？」

「そんなつもりじゃないわ」時にセリーナはとてもかたくなになった。

「どうしてあの人と話したいの？」

セリーナには答えられなかった。なぜそれがそんなに重要なことなのか自分でもわからなかったからだ。ところが彼女の父親のことを話してくれようとする人は一人もいなかった。誰も父の名前には触れなかった。セリーナは父が何という名前だったのかも知らなかった。ブルースというのは彼女のお母さんの母の名字で、セリーナはそれを名乗っていたのだ。

セリーナは一度、何かの理由で腹を立てて、ズバリと訊いたことがある。「わたしのお父さんがどこにいるのか知りたいの。なんでわたしにはお父さんがいないの？　誰だってお父さんがいるじゃない」

セリーナは冷淡ながらも、とても丁寧に、お父さんは死んだのですよ、と教えられるのであった。

セリーナは毎週、日曜学校へ連れて行かれた。「つまり、お父さんが天国へ行ったってこと？」

ブルース夫人はイライラしながら、やりかけのタペストリーの毛糸にできた、やっかいなコブを引っ張った。

あの男が天使とつながりがあるという思いは、容易には飲み込めるものではなかったが、彼女の信仰心は厚く、子供を幻滅させるのは良くないであろうと思った。

「そうね」と彼女は言った。

「お父さんに何があったの？」

「お父さんは戦争で殺されたのよ」

「どんな風に？　お父さんはどうやって殺されたの？」（彼女はバスにひかれることより他に恐ろしいことを想像できなかったのである）

「わたしたちにはわからないわ、セリーナ。本当に教えられないの。さあ」ブルース夫人は暗にお話はお仕舞だと言わんばかりに腕時計に目をやった。「散歩に行く時間だって、アグネスに言ってきなさい」

セリーナにつかまったアグネスは、もう少し好意的だった。

「アグネス、わたしのお父さんは死んだの」

「ええ」とアグネスは言った。「知っています」

「どのくらい前に死んだの？」

「戦争のとき、一九四五年に」

「お父さんはわたしに会ったことがあるの？」

「いいえ、あの方はあなたが生まれる前に亡くなりました」

セリーナはがっかりした。

「アグネスはわたしのお父さんを見たことがあるの？」

「ええ」とアグネスはしぶしぶ言った。「あなたのお母さんがお父さんと婚約した時に」

「お父さんの名前は何て言うの、アグネス？」

「さあそれは、教えることができません。あなたのおばあ様と約束したから。おばあ様はあなたがそれを知ることを望んでいないのです」

「それじゃあ、お父さんはいい人だった？　かっこよかった？　お父さんの髪の毛は何色だった？　何歳だったの？　アグネスはお父さんのこと好きだった？」

アグネスは高尚な信念を持っていたので、自分が正直に答えられる一つの質問にだけ答えた。

「あの方はとても整った顔立ちをしていました、さあ、もう十分ですよ。急いで、セリーナ、それから足を引きずってはなりませんよ、新しい靴のつま先をすり減らしてしまいます」

「わたし、お父さんが欲しいな」と言ってセリーナは、その日の午後は父と息子がヨットの模型をラウンドポンドの池で操作しているのを見つめたまま三十分以上も立ち尽くし、その間じゅうずっと彼らの話が盗み聞きできないものかと願い、どんどん近くに寄って行く始末だった。

セリーナがその写真を見つけたのは、十五歳の時だった。それはある水曜日のこと。ロンドンは憂鬱な雨模様だった。何もすることが無かった。アグネスは休みを取っていて、ホプキンス夫人は関節炎の膝を足載せ台に載せて座り、『ピープルズ・フレンド』(People's Friend 訳注3)に夢中になっていた。おばあ様はブリッジ・パーティー(訳注4)を開いていた。控えめな声と高級な煙草の匂いが閉ざされた客間の扉の向こうから忍び込んでいた。何もすることが無い！セリーナは落ち着かない様子でうろつき回り、来客用の寝室に入って行き、窓からの眺めを見、三面鏡で映画スターの顔を幾つか真似してみた。そして部屋から出て行こうとしたときに、二つのベッドの間の小さな戸棚に本があることに気が付いた。セリーナはふと、自分がまだ読んだことの無い本があるかもしれない、と思いつき、その予感を胸にベッドの間にひざまずき、人差し指を本の題名に滑らせていった。

指は「レベッカ」のところで止まった。黄色いカバーの戦時中の版だった。セリーナはそれを取り出し、中を開くと、ぎっしりと印刷されたページから一枚の写真が落ちた。男の人の写真だった。セリーナはそれを取り上げてみた。制服を着た男性。真黒な髪に割れた顎、眉は不揃いで、黒い瞳は笑って輝いていたが、顔にはまじめな表情が浮かんでいた。彼は軍人で、あつらえた服のボタンをきっちりとめ、かすかに光って見えるサム・ブラウンのベルト(訳注5)を肩から斜めに掛けていた。

それは驚くべき疑惑の始まりであった。どこか色黒で楽しそうな顔の影には、セリーナの顔を彷彿とさせるものがあった。彼女は写真を鏡まで持っていくと、自分の顔と似ている点を探してみた、髪の生え方、四角く張った顎。それほどたくさんの類似点があるわけではなかった。彼はとてもハンサムだったが、セリーナはどうっていうことの無い顔をしていた。彼の耳は頭にきちんと接していたし、セリーナの耳は水差しの持ち手のように目立っていたのだ。

彼女は写真を裏返してみた。裏にはこう書かれていた。

ハリエット、ダーリン

Gより

そしてキスを意味するXの文字が二つ並んでいた。

ハリエットとは、彼女の母の名前だった、セリーナはそれでこの写真が自分の父であることを知ったのだった。

彼女はこのことを誰にも言わなかった。「レベッカ」を戸棚に滑り込ませ、写真は自分の部屋へ持って行った。それからというもの、彼女はいつでもそれを持ち歩いた。薄紙に包んで、きれいなまま皺が寄らないようにして。取るに足りないもののようであったが、彼女はこのとき、やっと自分のルーツを見つけたように感じていたのだった。しかしそれだけではまだ満足できずに、彼女はなおもよその家族を観察し、他人の会話を盗み聞きしていたのであった。

物思いにふけっていた彼女は、子供の声で我に返った。セリーナは日差しの中で夢見ていたのである。今や目覚め、ピカデリーの往来のごうごうと鳴りやまぬ音、車のクラクション、そして乳母車に乗って盛んにキャッキャッと声を立てている女の赤ちゃんに気づいた。別の三輪車に乗った小さい女の子とお父さんは、もうとうにいなくなっていた。他のグループが場所を占めていた。セリーナが座っているところからわずか数ヤードしか離れていないところで、恋人同士のカップルが横たわり、全くお構いなしに絡み合っていた。

木のベンチは段々居心地が悪くなっていった。セリーナがわずかに場所を移動すると、ロドニーからもらった包みが膝から滑って、草地に落ちた。彼女は身をかがめてそれを拾い、当てもなく考えもせずに開けてみた。本のカバーは光沢のある白で、赤い文字でこう書かれていた。

カラ・フエルテの祝祭
ジョージ・ダイヤー著

セリーナは口をへの字に曲げた。その本は見たところ難しそうだった。彼女はパラパラとページをめくり、あたかも全部読み終えたかのように閉じた。本の後ろが上になるように膝に載せた。

突然、裏表紙に印刷された新聞のコラムに載っていた名前と顔写真が、目に飛び込んできた。

それは何気ない写真で、本の裏のスペースに合うように引き伸ばされていた。ジョージ・ダイヤー。彼は白い開襟のシャツを着ており、肌はそれとは対照的になめし革のように浅黒かった。顔にはしわがあった。目尻から伸びたしわ、鼻から口にかけて深い溝をなすしわ、額に刻まれたしわだ。

しかし、確かに同じ顔をしていた。彼はそう変わってはいなかった。顎には割れ目があった。すっきりとした耳、その瞳は、あたかもカメラマンと何か突拍子もない冗談を分かち合っているかのように光っていた。

ジョージ・ダイヤー。作家。その人は地中海の島に住んでいて、現地人について、健全にバランスよく書いていたのだ。彼の名前がジョージ・ダイヤーだった。セリーナはバッグを持ち上げると、父の写真を取り出し、震える手で二枚の写真を互いに並べてみた。

ジョージ・ダイヤー。そして彼は本を出版していたのだ。彼は生きていた。

訳注1　コロネット　小冠

訳注2　グレイハウンド　狩猟犬種

訳注3　ピープルズ・フレンド　イギリスの女性向け週刊マガジン

訳注4　ブリッジ・パーティー　ブリッジというカードゲームを楽しむパーティー

訳注5　サム・ブラウンのベルト　肩から斜めに掛けられたストラップによって幅の広いウエストベルトを支持する構造を持ったベルトで、主に軍隊や警察の制服に装着され、刀や拳銃を携帯するために用いられる

第二章

セリーナはタクシーを拾うとクイーンズ・ゲイトへ戻り、階段を駆け上って、マンションに飛び込み、アグネスを呼んだ。

「ここにいますよ、キッチンです」アグネスが返事をした。

アグネスはお茶を入れていた。開いたままのキッチンのドアからセリーナが現れると、スプーンで紅茶をポットに入れながら、顔を上げた。アグネスは小柄でいつまでも年をとらなかった。少し気難しい顔をしていたが、それは人生に起きる悲劇への防御だった。というのもアグネスは、世界中の誰よりも優しい心の持ち主で、苦難や悲しい出来事に、自分が何もしてやれずに、聞くだけなのがとても耐えられなかったのである。「あのかわいそうな、アルジェリアの人たち」などとよく言っては、帽子をかぶって、おそらくは自分ができる限度額より多くの義援金を送りに出かけたものだった。また、飢餓からの解放キャンペーンの時には、昼食を七日間ぶっ続けで抜いて、その結果ひどい疲労と消化不良に見舞われたのである。

クイーンズ・ゲイトのマンションの権利はすでに売られ、ロドニーとセリーナが結婚して新しい家に引っ越すときに、アグネスも一緒に行くことになっていた。アグネスにこれを了承させるのには、しばらくかかった。セリーナは自分のように年取った者を使いたいとは思わないだろう。新しく自分で生活を始めたいはずだ。アグネスはそう考えた。しかしセリーナは、自分たちだけで新しい生活をスタートさせたいとは、全然思っていない、と言って、なんとかアグネスを説得したのである。それでもアグネスは、まあ、自分が一緒に住んだら、アックラント氏にとっては義理の母がいるみたいでしょう、と言い張った。ロドニーはセリーナから事情を聞き、そんなことはないと、自らアグネスに話したのだ。するとアグネスは、今度は、引っ越すには年を取りすぎている、この年で引っ越すのは望まないと言った。そこで二人はアグネスを新しいマンションに連れて行った。すると思った通り、その明るさや便利さにアグネスはとても魅了された。アメリカ式キッチンは陽の光に満たされ、アグネス専用にするつもりの小さな居間からは公園が見えて、専用のテレビまでついていたのである。とうとうアグネスはきっぱりと自分に言い聞かせた。二人について行ってまた働こう、と。そしてきっとまた乳母になるだろう。新しく子供部屋を任されて、また新たに赤ん坊が生まれてくる。こうしたことを考えると、アグネスのなかにひそんでいたありったけの母性本能が再びかき立てられた。

アグネスは言った。「早いお帰りでしたね。お二人は、床を測りに行くのだと思っていましたよ」セリーナはドアの所に立った。階段を駆け上ってきたため、頬はピンク色に染まり、その青い瞳はガラスのように輝いていた。アグネスは眉をひそめた。「何かあったの、あなた？」

セリーナは一歩前へ出ると二人の間にある磨かれたテーブルの上に本を置いた。そしてアグネスの目をまっすぐに見つめながら言った。「この男の人を、以前に見たことがある？」

　アグネスは不安そうに、テーブルの上の本にゆっくりと視線を落とした。アグネスは過剰なほどの反応を見せた。彼女はわずかに息をのみ、ティースプーンを取り落し、青く塗った椅子に突然座り込んだのである。セリーナが半ば予想していた通り、アグネスはたいそう驚いた。セリーナはテーブルから身を乗り出した。「見たことある？　アグネス？」

「まあ」アグネスは言う。「まあ、あなたにはなんてギョッとさせられたことでしょう！」

　セリーナは容赦なく続けた。「この人を以前に見たことがあるのね？　あるんでしょう？」

「まあ、セリーナ……どこであなたは……どうやって……いつ……」彼女は何か一つ聞くことも、言い終えることもできなかった。セリーナはもう一つの椅子を引くと、テーブルをはさんでアグネスと向き合って座った。

「これはわたしの父でしょう、違う？」アグネスは今にも泣きださんばかりだった。

「これはお父さんの名前？　ジョージ・ダイヤー？　わたしの父の名前は何て言うの？」

　アグネスは冷静さを取り戻して言った。「いいえ、そんな名前ではありません」

　セリーナは拒絶されたかのように見えた。「それじゃあ、何て言うの？」

「ジェリー……ドーソンです」

「ジェリー・ドーソン、ジー（G）、ディー（D）、同じイニシャルだわ。同じ顔。ペン・ネームね。間違いないわ、これはペン・ネームよ」

「けれどセリーナ……あなたのお父さんは戦死したのよ」

「いつ？」

「ちょうどノルマンディー上陸作戦の直後に。フランスへ侵攻してすぐに」

「どうして父が戦死したってわかるの？　誰かの目の前で爆風で吹き飛ばされたっていうの？　誰かの腕の中で死んだっていうの？　わたしたちに、父が死んだってわかるの？」

アグネスは唇をなめた。「あなたのお父さんは行方不明になったの。だから戦死したのだろうって」

新たに希望が湧いてきた。「それじゃあ、わからないわ」

「わたしたちは三年間待ちました。でも彼は戦死したのだろうと考えられたのです。軍はおばあ様に知らせてきたの。何故ってハリエットは……そう、あなたも知っているわね。あなたが生まれたときに亡くなったの」

「お父さんには家族はいなかったの？」

「わたしたちの知る限りでは一人も。おばあ様が反対した理由の一つがそれでした。お父さんはいい家柄の出ではない、と言っていました。ハリエットがお父さんと知り合ったのは、あるパーティーでした。おばあ様がかねてから望んでいたように、きちんと紹介されたわけではなかったのです」

「なんてことなの、アグネス、戦時中だったのよ！　五年間も続いていたのよ。おばあ様は気づいていなかったのかしら？」

「ええ、おそらくは。でも、おばあ様にはおばあ様の価値観と信念があって、そこから離れられなかったのです。どこもおかしいところはありません」

「そのことはもういいわ。お母さんはお父さんと恋に落ちたのね」

「どうしようもないくらいに」とアグネスは言った。

「それで、結婚したのね」

「ブルース夫人の許しを得ずにね」

「それでもおばあ様はお母さんを許したの？」

「ええ、そうです。根に持つお人じゃなかったから。そしてとにかくハリエットは戻って来てここに住んだんです。あのね、あなたのお父さんは……ええ、あのときはイギリスのどこかへ送られると思われていたんです。けれどお父さんはフランスへ……あれは、ノルマンディー上陸作戦の二日後でした。それからすぐに戦死して。お父さんの姿を再び見ることはありませんでした」

「それじゃあ、二人が結婚していたのは……」

「三週間です」アグネスは泣きたい気持を飲みこんだ。

「けれど二人はハネムーンへ行って、ほんの少しの間でしたが一緒だったのです」

「そしてお母さんは妊娠したのね」セリーナが言った。アグネスはショックを受けて黙って彼女を見つめた。セリーナがそんな言葉を使うなんて、もっと言えばそんな話を知っているなんて思ってもみなかったのである。

「ええ、そうです」本のカバーの後ろに載っている顔に、アグネスは目を奪われた。本を自分の方に向けると、その濃い瞳がいたずらっぽく輝くのを見つめた。瞳は茶色かった。ジェリー・ドーソン。これは本当にジェリー・ドーソン？　確かに彼に似ていた。少なくとも、もし彼が殺されていなかったら、今はこんな風にとっても若々しくてハンサムに見えるのだろう。

記憶が甦ってきた。そしてそれは悪いことばかりではなかった。ジェリー・ドーソンはハリエットに輝きと生命力を与えた。そんなものをハリエットが手に入れようとはアグネスは思ってもみなかったことだが。彼はアグネスとも、ほんの少したわむれにいちゃつき、誰も見ていない時に一ポンド札を滑り込ませたのである。もちろんアグネスには自慢にするようなことは何も無かったが、それは少しだけ愉快だったのだ。人生が際立って面白くない時の、ほんの少しの愉快だ。女たちの館に男らしい風が吹いていた。ブルース夫人だけが彼の魅力には動じなかった。

「彼はろくでなしよ」と彼女は言い放った。「わかるでしょう？　あの人の素性は？　一体何者なの？　軍服を脱いだら、ただのハンサムな放浪者よ。責任感が無い。将来への展望が無い。あの人がハリエットに一体どんな暮らしをさせられるというの？」

もちろんある意味では、ブルース夫人はねたんでいた。夫人は人の人生に注文をつけたり、振る舞い方や金の使い道を厳しく拘束したりするのが好きだった。自分でハリエットの夫を選ぼうと思っていたのだ。しかしながらジェリー・ドーソンは、魅力的ではあるもののその個性や決意では、彼女と対等に渡り合い、戦いに勝ったのであった。

その後、彼が亡くなってから、ハリエットが生きる望みを失って、この世を去ると、ブルース夫人はアグネスに言った。「赤ちゃんの名前をドーソンからブルースに変えようと思うの。アルトゥールストーン氏にはもう話してあるわ。こうするのは至極当然のことだと思うの」

アグネスは賛成ではなかった。しかし彼女はブルース夫人と言い争ったことなど一度もなかった。「はい、奥様」とアグネスは返事をした。

「それからアグネス、あの子には父親のことを知らずに育ってほしいの。あの子にとって良くないし、気持ちを不安定にさせるかもしれないわ。あなたを信頼しているのよ、アグネス、わたしを失望させないでね」夫人は赤ちゃんを膝の上に抱き、そして目を上げた。二人の女が赤ちゃんのふわふわした頭の上で、見つめ合った。

少しの間をおいてアグネスは言った。「はい、奥様」冷たく素っ気ない微笑みが返って来た。ブルース夫人はセリーナを抱き上げ、アグネスの腕の中に預けた。「今、わたしはおおいに満足だわ」と彼女は言った。「ありがとう、アグネス」

セリーナが言った。「この人、わたしの父だと思うでしょう?」

「はっきりとはわかりません、セリーナ、本当に」

「なぜ今まで、父の名前を教えてくれなかったの?」

「あなたのおばあ様と約束したのです。決して言わないと。たった今、約束を破ってしまいました」

「そうせざるを得なかったのよ」

　ある考えがアグネスの心に閃いた。「彼がどんな外見をしていたか、どうやってわかったんですか？」

「写真を見つけたの、ずいぶん昔に。だれにも言わなかったわ」

「まさか……何もしないでしょうね」それを思うと、アグネスの声は震えた。

「この人を見つけられるかもしれない」とセリーナは言った。

「そんなことをしてどうするの？　もし仮にあなたのお父さんだったとして」

「この人はわたしの父だってことがわかるの。ちゃんとわかるの。全てがそれを指し示しているわ。アグネスが教えてくれたこと、言ってくれたこと全部が……」

「もしそうだったとして、それでは何故戦争が終わってからあなたのお父さんは、お母さんのもとに帰ってこなかったのでしょう？」

「わかるわけないわ、おそらく負傷したのよ、記憶を喪失したんだわ。こういったことは起こるものよ、そうでしょう」アグネスは黙っていた。

「多分、おばあ様が父に対してつらく当たったのよ」

「いいえ」アグネスは言った。「そのことは関係ありません、ドーソン氏にとっては」

「父は娘がいるっていうことを、知りたいと思うわ。わたしがいるっていうことを。そしてわたしは父について知りたいわ。父がどんな風だか、どんな風に話すのか、何を考え、何をしているのか。誰かとつながるってどんな気持ちがするか。だれとも本当につながってないなんてどんなものか、アグネスにはわからないのよ」

しかし、アグネスにはわかった。何故ならアグネスはセリーナが何を熱望してきたのかを知っていたから。ためらいながらも、思いついたことを一つだけ提案した。

「どうして相談しないの？」アグネスは言った。「アックラント氏に」

出版社の事務所はビルの最上階にあった。揺れる小さいエレベーターに乗って、心もとない気持ちで上へ向かった。短い階段を昇って、細い廊下をわたると、また階段があった。息が切れてきて、屋上へ出てしまうのではないかと思っていると、目の前に、Ａ・Ｇルートゥラントと書いてあるドアがあることに気づいた。

ドアをノックした。返事は無く、タイプライターの音だけがしていた。セリーナはドアを開け、中を覗いた。タイプを打っていた女性が顔を上げ、一瞬手を止めて、言った。

「何かご用ですか？」

「ルートゥラント氏にお会いしたくて」

「お約束していますか？」

「今朝ほどお電話しました。ブルースと申します。十時半ぐらいに来れば、っておっしゃっていましたが……」セリーナは時計を見た。まだ二十分だった。その女性が言う。「ええと、氏は今どなたか来客中です。どうぞお掛けになって、お待ちください」

彼女はタイプを打ちつづけた。セリーナは部屋に入り、ドアを閉め、小さくて硬い椅子に腰かけた。事務所の中から、男性のささやき声がした。二十分かそこら後に、ささやき声はにぎやかになり、椅子が押し戻される音と足音がした。事務所内のドアが開き、オーバーコートを着ながら出て来た男性が、書類の入ったファイルを取り落とした。

「おお、何て不手際な……」その人はそれを拾おうと身をかがめた。

「ありがとうございました、ルートゥラントさん、あれこれと……」

「どういたしまして、結末に何か新しいアイディアが浮かんだら、また来てください」

「ええ、もちろんです」

二人の男性は別れを告げた。出版者が事務所内に戻ろうとしたので、セリーナは立ち上がって名を呼ばなくてはならなかった。その人は振り返り、セリーナを見た。

「何か?」彼はセリーナが思っていたより年取っていた。まるっきり禿げていて、レンズからでもフレーム越しからでも見えるような眼鏡をかけていた。目下彼は、眼鏡を下げてフレームの上からこちらを見ていた。時代がかった校長先生のように。

「えっと……お約束してあると思うのですが」

「そうでしたか?」

「はい、セリーナ・ブルースと申します。今朝ほどお電話しました」

「いやあ今、とても忙しくて……」

「五分とかかりません」

「あなたは作家ですか？」

「いいえ、そのようなものではありません。ただ、お力を貸していただきたくて……いくつか伺いたいことがあるのです」

彼はため息をついた。「ええ、なんなりと」

彼は脇に寄って、セリーナを先に部屋に通した。

赤ピンクのカーペットが敷かれた室内には、取り散らかした机があり、棚と言う棚に本があふれ、本や原稿はテーブルの上に積み上げられ、椅子や床にも積まれていた。

彼はその散らかりようを何ひとつ詫びなかった。明らかにその必要が無いと思っていた……実際、その必要は無かった。彼は椅子をセリーナのために前へ押し出し、自分は机の向こう側に収まった。彼がまだ腰掛けもしないうちに、セリーナは説明しだした。

「ルートゥラントさん、面倒をおかけして本当にすみません。できるだけ手短に話します。あなたが出版された本、**カラ・フエルテの祝祭**についてなのですが」

「ああ、はい、ジョージ・ダイヤー」

「はい、ええと……あなたは著者について何かご存知ですか？」

このような突飛な質問のせいで、勇気をくじくような沈黙が続いた。そしてルートゥランド氏が眼鏡越しに投げかけた視線は、さらに不安を煽りさえした。

「何故ですか？」やっとルートゥラント氏が言った。「あなたはご存じなんですか？」

「ええ、少なくとも自分ではそう思っています。彼は……祖母のお友達で。祖母が六週間前に亡くなったものですから、それで……ええと、彼にお知らせすることができたらと」

「手紙ならいつでも転送して差し上げましょう」

セリーナは深いため息をついた。そして別の面から作戦を続けた。

「彼についてよくご存じなんですか？」

「あなたと同じくらいには、と思いますが。その本をお読みになったのでしょう」

「そのう……彼にお会いになったことはありませんか？」

「いいえ」とルートゥラント氏は言った。「会ったことはありません。彼はサン・アントニオの島、カラ・フエルテに住んでいるのです。ここ六年か七年はそこに住んでいると思いますが」

「ロンドンへは来なかったのですか？　本の出版のためにも？」ルートゥラント氏が禿げた頭を振ると、窓からの光がきらりと反射した。「では……彼が結婚しているかご存知ですか？」

「当時は結婚していませんでした。今はもしかすると」

「歳はおいくつなんですか？」

「まったく知りません」彼は少しイライラし始めたようだった。「まあ、お嬢さん、時間が無駄になります」

「そうですね。すみません。お力をお借りしたかったあまりに。彼がロンドンへ来ることがあったら、お会いできるかと思ったものですから」

「いいえ、残念ながらその可能性はありません」きっぱりと、ルートゥラント氏は立ち上がり、面会は終わりだと暗に告げていた。セリーナも立ち上がった。彼はドアへ歩いていくと、彼女のために開けた。「しかし、もし連絡を取りたければ、喜んでダイヤー氏にどんな手紙でも転送しますよ」

「ありがとうございます。お時間を頂いてすみませんでした」

「どういたしまして、御機嫌よう」

「さようなら」

しかしセリーナがドアを通り抜け、隣の事務所に出たとき、とてもがっかりした様子だったので、ルートゥラント氏は自らの意に反して心を動かされた。彼は顔をしかめ、眼鏡を外すと、言った。「ブルースさん」

セリーナは振り返った。

「我々は彼への手紙を全て、サン・アントニオのヨットクラブへ送っています、しかし彼の家の名前は、カラ・フエルテのカサ・バルコと言います。彼に直接手紙が書きたかったら、これで時間が節約できるでしょう。もしお書きになるのなら、彼にわたしが二作目の概要を待ち続けているっていうことを伝えてください。何十通も手紙を書いたけれど、彼はそれに返信するのは根っからお嫌なようで」

セリーナは微笑んだ。出版者はセリーナの様子がすっかり変わったのに驚いた。「ご親切に、ありがとうございます。感謝します」とセリーナは言った。

「どういたしまして」とルートゥラント氏は言った。

がらんとしたマンションは、このような重要な話し合いをするにはピッタリと言う訳ではなかったが、他に場所は無かった。

セリーナはロドニーが無地のカーペットと模様のあるカーペットのどちらがいいか考えているのをさえぎって、言った。「ロドニー、話があるの」

さえぎられてロドニーは少し苛立ちながら、セリーナを見下ろした。ロドニーは、ランチの間中ずっと、それにそのあとタクシーに乗ってからも、セリーナがいつもと違うことに気づいていた。ほとんど何も食べなかったし、何かに心を奪われて、ぼんやりとしているみたいだった。おまけにセリーナの着ているブラウスは栗毛色のコートとスカートには合っていないし、右足のストッキングが伝線していた。セリーナはいつもは身だしなみが良く、コーディネートしていて、シャムネコのようだった。この様な小さな乱れを、彼は心配していた。

彼は言った。「何かあったの？」

セリーナは彼と目を合わせ、深呼吸して落ち着こうとした。しかし心臓は大きなハンマーが打つようにドキドキしていたし、それにまるで、エレベーターが急上昇したために胃を地下に置いてきてしまったかのような感覚があった。

「いいえ、何もないわ。ただ話があるだけ」

彼は眉をひそめた。「今夜まで待てない？　今、測っておかないともう機会がないんだが……」

「まあ、ロドニー。聞いてちょうだい。力を貸してほしいの」

彼はためらったが観念した表情でカーペットの見本を置き、折り尺をたたみ、ポケットに滑り込ませた。

「さあ？　聞くよ」

セリーナは唇をなめた。がらんとしたマンションでは不安だった。声は響くし、家具も、手でいじれる装飾品も、ふっくらと形を整えるクッションも無かった。彼女はまるで、大きながらんとした舞台に立たせられ、小道具も、合図もなく、セリフを忘れたかのように感じた。

セリーナは深呼吸をすると言った。「父のことよ」

ロドニーの表情はほとんど変わらなかった。彼は腕のいい法律家で、ポーカーのゲームをたしなんでいた。彼はジェリー・ドーソンの話はすべて知っていた。ブルース夫人とアルトゥールストーン氏がだいぶ以前からその事実について、ロドニーに情報を提供する必要があるとみなしてきたからだ。しかもロドニーは、セリーナが父について何も知らないのはわかっていた。そして自分が伝えるべきではないことも。

「お父さんについて何のこと?」彼は極めて優しく言った。

「ええ……父は生きていると思うの」

ホッとしてロドニーはポケットから手をだし、まさかと言わんばかりに軽く鼻で笑った。「セリーナ……」

「いいえ、言わないで。死んだなんて言わないで。聞いてちょうだい、少しだけ。きのうわたしに本をくれたでしょう? **カラ・フエルテの祝祭**よ。それで、本の裏表紙に作家のジョージ・ダイヤーの写真が載っていたのを覚えている?」

ロドニーはうなずいた。

「だから要するにね……その人がわたしの父にそっくりなの」

ロドニーは考え込み、言った。「君のお父さんがどういう外見をしていたか、どうやって知ったんだい?」

「知っているわ。だってずいぶん前に、父の写真が本に挟まっているのを見つけたんですもの。わたしは、同一人物だと思うわ」

「君はつまりジョージ・ダイヤーが……」すんでのところで彼は押し黙った。「ジェリー・ドーソンよ」セリーナが彼の言葉を勝ち誇ったように引き取った。

ロドニーは足下のカーペットを引き抜かれたかのように感じ始めていた。

「どうやって彼の名前を知ったんだい？　君は決して名前を知らないはずだったのに」

「アグネスがきのう話してくれたの」

「しかしアグネスはそんなことをしないはず……」

「ねえ、ロドニー、お願いだから！　彼女を責めないで。わたしが彼女の不意を衝いたの。ジョージ・ダイヤーの顔をこんな風に目の前でテーブルに広げたの。そうしたら卒倒するかと思うくらいに驚いてしまって」

「セリーナ、君はお父さんが亡くなっているのはわかっているよね？」

「でもロドニー、父は行方不明だったのでしょう？　行方不明になって戦死と推定された。何でも起こりうるわ」

「それじゃあ何故戦争が終わってから、帰ってこなかったんだい？」

「多分負傷したのよ。おそらく記憶をなくしたのよ。ひょっとしたら母が死んだって聞いたのかもしれないわ」

「それじゃあお父さんは、今まで何をしていたんだ？」

「わからないわ。でもこの六年間はサン・アントニオに住んでいるわ」彼女はロドニーが、どうやってそれがわかったのか聞いてくるだろうと気が付き、素早く言い足した。「全てこの本の中に書いてあるわ」。というのも、セリーナは自分がルートゥラント氏に会いに行ったことを、ロドニーには知られたくなかったのだ。

「お父さんの写真を持っているかい？」

「本の写真は持っていないわ」

「そっちじゃなくて、もう一枚のほう」

セリーナはためらった。「ええ、持っているわ」

「それを見せてくれないか？」

「返してくれる……わよね？」

ロドニーの声は、少し苛立っているように聞こえた。「いい子だから、僕を誰だと思っているんだい」

彼女はすぐに恥ずかしくなった。ロドニーが品位を落としてまで、卑劣なごまかしをするはずはないからだ。彼女はバッグを取りに行き、かけがえのない写真を取り出すと、ロドニーに手渡した。ロドニーが写真を持って窓から光のさすところまで行き、セリーナはそれについて行って、彼の横に立った。

「あなたはたぶん本の後ろの写真を覚えていないでしょうけれど、これは同一人物よ、絶対に。何もかもが同じだわ。割れた顎、そして目……それから耳の付き方」

「アグネスは何て言っていた？」

「はっきりとは言おうとはしなかったけれど、確実よ。わたしの父だと思っているわ」

ロドニーは返事をしなかった。ロドニーは写真に写る浅黒くて楽し気な顔を見て眉をひそめながら、途方もない不安を覚えた。何よりもまずセリーナを失う、という可能性があった。はなはだ正直な男であるロドニーは、自分がセリーナに恋をしていると、勘違いすることなどなかったが、ほとんど自分でも知らず知らずのうちに、彼女は彼の人生の魅力的な一部になっていたのである。そのルックス、サテンのように光沢のある栗毛色の髪と肌、そしてサファイアブルーの瞳が彼の心を惹きつけていた。彼女の趣味がロドニーのように高尚なものでなかったとしても、彼女はかわいらしく、喜んで努力しようとしていたのだ。

それからまた、セリーナの実務上の問題があった。祖母が他界して以来、セリーナは資産家令嬢という、熟した果実であり、疑いなく、ことによるとふらちな男の手に落ちることも考えられた。今のところは、ロドニーとアルトゥールストーン氏が完全に協力して、彼女の株や信託を管理していたが、もう半年もすればセリーナは二十一歳になり、それ以降、最終的な決定権は彼女の物になるのだった。この全てのお金の監督権が自分の手から滑り落ちるという思いは、ロドニーを震え上がらせた。

振り返って視線を落とすと、セリーナと目が合った。彼はこんなに瞳の青い女性を他に知らなかった。まるで合成洗剤の宣伝のようだが、彼女はどことなく取れたてのレモン……バーベナのような香りがした。過去からブルース夫人の声が聞こえたような気がした。彼女がジェリー・ドーソンについて言っていた、辛辣な言葉だ。**怠惰**。この言葉がロドニーの心に浮かび上がった。そして罵倒する言葉がさらに浮かんできた。無責任。信頼できぬ。経済力に欠ける。

彼は写真のかどを持ち、左の手のひらで軽くたたいた。この状況を自分のせいではなく、他の誰かのせいにする必要があるかのように、ついに苛立ちを少し爆発させて言った。「もちろん、これは全て君のおばあ様の落ち度さ。君のお父さんについて隠しておくべきではなかったんだ。このもつれた秘密のせいで、お父さんの名前を明かさなかったこと……それは、とんでもないあやまちだったのさ」

「どうして?」セリーナは興味を持って聞いた。

「そのせいで君は、お父さんに対する妄想を抱くはめになったのだから!」彼は彼女の心を射抜いた。セリーナはじっと見つめ、明らかに深く傷ついたようすで、驚いた子供のように口はかすかに開けたままになっていた。ロドニーは無慈悲に追い込んだ。

「君は父親に対して、家族に対して、そして一般的な家庭について、妄想を抱いているんだよ。君がこの写真を見つけ、持っていた、そして隠していたと言う事実がその典型的な表れだよ」

「あなたは、わたしが麻疹にでもかかったみたいに言うのね」

「僕は君が死んだ父親に対して、コンプレックスを抱いているってことに気づかせようとしているんだ」

「おそらく彼は死んでいないわ」とセリーナは言った。「そしてもし、わたしが父に対してコンプレックスを持っていたとしても、それはわたしのせいではないって、たった今認めたのね。コンプレックスを持っていたらどうしてそんなにいけないの? それは斜視とか、眇《すがめ》のようなものとは違うのよ。誰にも見えないでしょう？」

「セリーナ、これはふざけるようなことじゃないんだ」

「わたしだって、ふざけるようなことだとは思っていないわ」

彼女は光る眼差しで注視した。彼にはにらみつけられているとしか思えなかった。二人は対立した。それまで口喧嘩したことは無かった。そして今は、確かに喧嘩を始めるタイミングではなかった。彼は素早く言った。「ハニー、悪かった」そして身をかがめて彼女に口づけをしようとしたが、彼女が顔をそむけたので、口づけは頬にされた。「わからないかな、僕は君のためを思っているんだよ。僕は君に、どこかの男を追いかけて、この世の果てまで探し求めたあげく、バカな間違いに気づいた、なんてことになってほしくないんだよ」

「でも、もしも、よ」とセリーナは言った「想像してみて、これが本当にわたしの父だって。生きていて、サン・アントニオに暮らしている。本を書いて、小さなヨットで航海して、地元のスペインの人たちみんなとお友達になっている。そんな人と知り合ってほしいと思うでしょう、そう思わない？　ちゃんとした自分の義理の父親がいてほしいとは思わない？」

それは、ロドニーにとっては最も嫌なことであった。彼は穏やかに言った。「僕らは自分たちのことだけではなく、彼のこと、そうジョージ・ダイヤーのことも考えなくてはならないよ。彼が君の父親であろうとなかろうと」

「どういうこと」

「今まで、この何年もの間、彼は自分の素晴らしい人生を作ってきたんだ。彼自身が自分の意思で選んだ人生。もし彼が家族を持ちたいと望んでいたとしたら、妻や、息子や……娘と縁を持ちたいと思っていたら……もうすでに持っているだろう……」

「つまりわたしを望んでいないっていうこと？　わたしが父を探しに行くのを嫌がるっていうこと？」

ロドニーは愕然とした。「君は手順を踏まないつもりか？」

「わたしにとっては、とっても大事なことなの。サン・アントニオなら、わたしたち、飛行機で行かれるわ」

「わたしたち？」

「あなたに一緒に来てほしいの、お願い」

「無理だよ。言っただろう？　僕は、ボーンマスへ行かなくてはならない上に、三、四日留守にするつもりだって」

「ウエストマン夫人に待ってもらえないかしら？」

「待てるわけないさ」

「一緒にいてくれればいいのよ、力を貸して、ロドニー」

ロドニーはセリーナの懸命の願いを誤解していた。「力を貸して」と言うのは実際的な意味だと思ったのだ。航空チケットを買うのを手伝って、間違った飛行機に乗らないように力を貸して、税関を抜けるのを、タクシーと荷物運びを見つけるのを手伝って、ということなのだと。彼女はそれまでの人生で、そんなに遠くまでは、決して一人で旅したことが無かったのであり、彼はセリーナがすぐに実行に移したりはしないだろうと、ひそかに自信があった。

彼はセリーナの気持ちを惹きつける言葉を口にして、その願いを受け流した。にこりと笑い、その手を取って、慰めるように言った。「さあ、どうしてそんなに急ぐんだい？　我慢して。どんなに君の胸が高鳴っているのか僕にはわかるよ、お父さんが生きているんじゃないかって、不意に気づいたんだから。君の人生にずっと、ぽっかり穴が開いているのは知っているよ。僕はそれを満たしていけたらと、思っているんだ」

それは見事に聞こえた。セリーナは言う。「そうじゃなくて、ロドニー……」

「しかし、我々はジョージ・ダイヤーについて何も知らないだろう。僕らは次の段階へ進んで後悔する前に、落ち着いてもう少し調べるべきじゃないかな？」彼はまるで王族のように話した。

「わたしは父が行方不明だって、報告を受けてから生まれたのよ。父はわたしが存在していることすら知らないのよ」

「そのとおりだよ」ロドニーはあえて、より説得力のある調子で言った。「知っているかい、セリーナ、古いことわざで、まさにこれっていうのがあるんだ。眠れる虎を起こすな、って」

「わたしは父を虎だなんて思わないわ。わたしはただ、父が生きているかもしれないって思っているだけ。そして父こそがわたしが生涯で誰よりも会いたいと思っていた人なの」

ロドニーは、侮辱されたという気持ちと、腹が立つ思いの間で揺れ動いた。

「君はまるで子供みたいなことを言うんだな」

「これは一ペニー硬貨みたいなもの。一ペニーには表と裏という二つの面があるわ。わたしにも同じように二つの面があるの。ブルースの側面と、ドーソンの側面。セリーナ・ドーソン。これがわたしの本当の名前。これが本当のわたしなの」セリーナはロドニーに微笑んだ。そして彼は不安のうちにも、このような微笑みは、これまで見たことが無いと感じた。「あなたは、セリーナ・ドーソンをセリーナ・ブルースと同じくらい愛している？」彼はまだ父親の写真を持っていた。彼女はそれを取ると、バッグにしまいに行った。

ロドニーは、わずかに少し遅れて言った。「ああ、もちろんさ」

セリーナはバッグをしめて、下ろした。「さあ」彼女は、スカートの前を撫でつけると、詩でも朗読するように言った、「床を測る時間ではないかしら？」

第三章

バルセロナ空港に、夜明けの青白い光がさし始めた。嵐のせいで、あたり一面に水たまりができている。嵐は航空機をピレネー山脈の向こうまで追ってきたのであった。弱い風が山々から降りてきて、空港の係官たちはみな、にんにくの匂いがした。待合室では、長い待ち時間のせいで目が腫れ、髭の伸びた人たちがコートや毛布を掛けて眠り、ベンチや椅子がたわんでいた。散々な夜だった。ローマやパルマからのフライトは欠航していた。マドリードからの便は遅れていた。

セリーナはフライトのせいで、まだ気持ち悪かったが、ガラス張りのスウィングドアから入って来て、さてどうしたものかと思っていた。サン・アントニオまでのチケットを持っていたが、また別の搭乗券がいるのであった。カウンターでは、疲れたような係官がいくつかの荷物の重さを測っていた。彼女は何とかなるかしらと思いながら、彼の前に立つと、すぐに職員が顔を上げたので尋ねた。「英語がわかりますか?」

「はい《シー》」

「わたし、サン・アントニオまでのチケットを持っています」

彼は無表情のまま手を差し伸べると、チケットの束から該当するページをびりっと引き裂いて、搭乗券を発行し、チケットの束に滑り込ませてから、彼女に返した。

「ありがとう、飛行機は何時に飛ぶかしら？」

「七時半」

「それと、わたしのスーツケースは？」

「サン・アントニオまで通過します」

「税関は？」

「税関はサン・アントニオで」

「わかったわ、ありがとうございます」しかし、機嫌を取ろうと思って笑顔を浮かべたが無駄だった。彼は一晩中過酷な労働をしていて、愛想よく振る舞う気分などではなかったのである。

セリーナはその場から立ち去って腰を下ろした。極度の疲労を感じていたが、心配で寝るどころではなかった。飛行機がロンドンの空港を出発したのは午前二時だった。セリーナは座ったまま暗闇をじっと見つめて、物事を一つずつてきぱきと片づけなくては、と自身に言い聞かせていたのである。バルセロナ。サン・アントニオ。税関とパスポートとスーツケース。それからタクシー。タクシーを見つけるのはしごく簡単だろう。そして、カラ・フエルテ。カラ・フエルテは大きな町ではないだろう。ジョージ・ダイヤーというイギリス人男性はどこに住んでいますか？と聞いてみよう、そうすればすぐにカサ・バルコの行き方を教えてくれるだろう。そこに、あの人がいるのだ。

飛行機がピレネー山脈にさしかかったときに、嵐が襲ったのであった。機長は警告を出しており、乗客は全員目を覚まし、安全ベルトをはめたのである。飛行機はガタガタと揺れ、高度を上げると、またいくらか揺れた。嘔吐した乗客もいた。セリーナは目を閉じてなんとか吐かないように努めたが、危機一髪のところだった。

飛行機がバルセロナまで降りて来ると、稲光が襲い、主翼の先端からまるで旗のようにたなびいて見えた。雲を抜けるとすぐに、雨に打たれ、バルセロナに着陸するときには横風を受けて急降下した。滑走路は冠水して、光が反射してちらちらと輝いていた。車輪がタールマカダムで舗装した滑走路にかすると、大きな水しぶきが上がった。そして機体がゴロゴロと移動してようやく静止し、エンジンが停止したときには、どの乗客からも安堵のため息がもれた。

誰も出迎えに来ないのが、不思議だった。運転手、つまり制服を着たお抱え運転手が暖かい大きな車で出迎えるはずだったろうに。それか、アグネスがひざ掛けを持ってやきもきしているはずだった。誰かが彼女のスーツケースを見つけ、入国の手続きを済ませてくれるはずだった。しかし、誰も居なかった。ここはスペイン。三月の朝六時のバルセロナであり、セリーナはたった一人なのだ。

時計の針が七時を回ったころ、セリーナはバーに入り、コーヒーを一杯注文し、ペセタで払った。親切な銀行員が是非とも持って行った方がいいと言ってくれた金だった。すこぶるおいしいコーヒーと言う訳ではなかったが、心地よい温かさであり、セリーナは座って飲みながら、カウンターの後ろにある鏡に映った自分の姿を見た。茶色のメリヤスのドレス、ベージュ色のコート、そして後ろ髪から滑り落ちそうなシルクのヘッドスカーフ。**旅の服装**、とブルース夫人は呼んでいた。旅に出るときの服装といえばこれというものが夫人にはあった。メリヤスは心地よくて、しわにならないし、コートは、何にでも似合うものでなくてはならない。靴は軽くて、吹きさらしの空港を長いこと歩けるくらいに丈夫でなくてはならず、ハンドバッグは大きくて収納力のあるものでなくてはならない。このドラマチックな瞬間にも、セリーナはこのすぐれた、不変のアドバイスに無意識に従ったのである。だからと言って役立ったというわけではないけれど。彼女は実のところまだひどく疲れを感じていたようだった。セリーナはフライトに不安を抱いていた。旅慣れたように装ったからといって、実際にそうなれるわけではないし、飛行機が墜落して命を落とすとか、パスポートを失くすとか、してしまうかもしれないという気持ちもぬぐえなかった。

サン・アントニオ行の飛行機はとても小さく見え、まるでおもちゃみたいで信頼できそうもなかった。まあ、なんていうことでしょう、セリーナは外に出て、飛行機の方に歩きながら思った。ガソリン臭い風が顔に吹き付け、水たまりから上がるしぶきが靴のつま先にかかった。乗客はほんの数人で誰もがセリーナと同じ思いを抱いているかのように、むっつりとしたまま列をなして、飛行機に乗り込んでいった。シートベルトを締めるとすぐに、セリーナはブドウ糖のキャンデイーを渡されたので、ひどく恐怖に見舞われたときに効く特効薬でもあるかのようにそれをなめ始めた。効果は無かったが、飛行機は墜落しなかった。

とはいうものの、悪天候は続いており、着陸の瞬間までサン・アントニオは見えなかった。窓から見えていたのは、灰色の綿のかたまりのような雲ばかりだった。そのときは雨が降っていたが、やがて思いがけず畑や、家々の屋根や、風車や、松林やレンガ色の大地、それからあらゆるものが雨の中でぴかぴか輝いているのが見えた。その空港はまだ新しく造られたばかりで、滑走路は土壌をブルドーザーでならしてあり、今や走路は赤い泥の海と化していた。着陸すると二人の整備士がタラップを手で動かして機体に横付けした。彼らは黄色い防水コートを着て、膝まで泥が跳ね上がっていた。このときばかりは、誰しも飛行機を出る気になれないようだった。飛行機から降りると、乗客は水たまりの間を、慎重に一歩一歩進んでいった。

サン・アントニオは松の匂いがした。湿った、樹脂を含んだ匂い。雨は奇跡的にやんでいた。暖かく、柔らかい風が吹いていた。雪を頂いた山々は無く、暖かい海に囲まれているだけだった。それが、サン・アントニオだった。空の旅は終わり、セリーナはまだ生きていた。セリーナはヘッドスカーフを取ると、髪を風になびかせた。

入国審査を待つ行列ができていた。犯罪者が流れ込むとでも言わんばかりに、治安警察《ガルディア・シビル》があちこちに立っていた。警察官は拳銃を携帯していた。もちろん飾りの意味ではなかった。入国審査官はのんびり仕事をしていた。彼は同僚と雑談していた。長々と込み入った言い争いのたぐいで、外国人パスポートの時にだけ、細心の注意を払って一ページ一ページ検閲するために、時々話を中断するだけであった。セリーナは三番目で、十分待ってようやく入国審査官が入国とスタンプを押し、手元に返してくれた。

彼女はためらいがちに「わたしのスーツケースは……？」と言った。審査官はこれを理解できなかったか、あるいは理解しようとはせずに、先へ行けと合図した。彼女はその実用性に優れたバッグにパスポートを入れると、自分で探し続けた。小さいサン・アントニオの空港にしては、早朝からいつになく人でいっぱいだったのは、九時半には、サン・アントニオからバルセロナへ飛行機が飛び立つからだ。それは利用者の多いフライトだった。たくさんの家族連れが集まっていた。子供たちは泣き、母親は大声で泣き止むように嘆願していた。父親たちは荷物を運ぶ作業員と言い争い、チケットと搭乗券を手に入れるために列を作っていた。恋人たちは手を握り合って立ち、別れが来るのを待って、道行くあらゆる人々のさまたげになっていた。天井の高い建物の中は、耳をつんざかんばかりのやかましさだった。

「すみません」とセリーナは何度も言いながら、群衆の中を徐々に進もうと試みた。「すみません……通してください……」セリーナと同じ飛行機で到着した乗客の中には早くも、税関と書かれた標示の下に集まっている人もいた。セリーナは何とかして進み、その人たちに合流した。「すみません」彼女はふくらんだ籠につまずき、黄色いニットの上着を着た太った赤ちゃんをあやうく蹴倒すところだった。「まあ、申し訳ありません」

スーツケースはすでに到着し、手作業で仮設のカウンターに載せられていった。乗客たちは自分の荷物を引き取り、税関で検査を受けたり、時には開けられたりしたのち、係員から返してもらうと、それぞれ運んで行った。

セリーナのスーツケースは決して現れなかった。それは白いストライプの入った青色のスーツケースで、簡単に見つかるものだった。さんざん待ったあげく、気が付けばもうスーツケースは出て来なくなっていた。他の乗客たちは一人また一人と居なくなり、セリーナ一人になってしまった。

今まで彼女をどうにかうまく無視していた税関係官は腰のあたりを手で引っ張り上げ、黒い眉毛を上げて、彼女を見た。

「わたしのスーツケースが……」セリーナは言った。「えっと……」

「英語はわかりません《ノ アプロイングレーゼ》」

「わたしのスーツケースが……あなたは英語はわかりますか?」

二人目の男が前へ進み出て来た。「彼はわからないそうです」

「あなたはわかりますか?」

彼は複雑な面持ちで肩をすくめた。おそらくきわめて深刻なこの状況に、一言か二言だけしか言葉をあやつれないことを示唆していた。

「わたしの旅行カバン。わたしのスーツケースが」彼女はやけになってフランス語でも言ってみた。

「わたしの荷物《バガージュ》が」

「ここに無《モン》いんですか？」

「ええ」

「どちらからいらしたんですか？」その人はすべてのRを見事な巻き舌で発音した。

「どちらからいらっしゃったのですか？」

「バルセロナから、そしてロンドンから」

「オー！」彼はあたかも彼女から、訃報でも知らされたかのような声を出した。彼は同僚の方を向いて話し出した。流ちょうなスペイン語のしゃべりは、まるで個人的な雑談でもしているかのようだった。セリーナは絶望的な面持ちで、家族の話でもかわしているのかしらと思った。すると、先ほど英語を話したほうの男がまた肩をすくめ、セリーナの方へ向き直った。「探し出しましょう」と彼は言った。

そう言うと男はどこかへ行ってしまった。セリーナは待った。最初の男は歯をほじくりだした。どこかで子供が泣き叫んでいた。みじめさに追い打ちをかけるように、闘牛でよく使われる音楽のようなものが、突然スピーカーから聞こえてきた。十分かそこらすると、頼りになる男が、機内に乗っていたスチュワートと一緒に戻ってきた。

スチュワートは、感じよく親切でも申し出るように、微笑みながら言った。「お客様のスーツケースは紛失しました」

「紛失！」それは、望みを絶たれ泣き叫ぶ声であった。

「お客様の旅行カバンは、マドリードにあると思います」

「マドリードですって！　何でマドリードなんかに？」

「残念ながら、バルセロナで違う荷物運搬車に載せてしまった……のではないかと。バルセロナでは、マドリードへ向かう便もあるものですから。お客様のスーツケースはマドリードにあると思います」

「でもスーツケースにはサン・アントニオ行のラベルが付いていたのよ。ロンドンでラベルを貼られて」

「ロンドン」と言う言葉を聞くと、係官はまた、どうにもならないというふうにため息をついた。

セリーナは彼を叩いてやりたかった。

「申し訳ありません」とスチュワートは言った。「マドリードに伝言を送ります。スーツケースをサン・アントニオに戻すように」

「どれくらいかかります？」

「マドリードにあるかどうかはまだわかりません」スチュワートは確約するまいと、そう言った。

「見つけ出さなければなりません」

「それじゃあ、見つけ出すのにどのくらいかかりますか？」

「分かりません。おそらく三、四時間は」

三時間か四時間！　もはや怒るか、泣くしかなかった。

「こんなところで三時間も四時間も、待っていられないわ」

「それでは、出直してくださってもよろしいかと？　明日にでも見にいらっしゃれば？　スーツケースが届いているかどうか。マドリードから」

「でも、電話では聞けないの？　ここに電話をかけてはだめ？　でんわよ？」

それは、どう考えても冗談に思えた。スチュワートは微笑みながらこう言ったのだ。

「お嬢《セニョリータ》さん、電話はごくわずかしか引いていないのです」

「それじゃあ、明日、ここに戻って来て、スーツケースが見つかったかどうかを確かめなくてはならないの？」

「それか、明後日に」と、スチュワートは名案ならいくらでもあるとばかりに言った。

セリーナは最後の訴えかけをした。「でも、持ち物は何もかも旅行カバンの中に入れていたのよ」

「申し訳ありません」

彼は、セリーナにずっと微笑みかけていた。この瞬間、セリーナは自分が溺れて行くかのように感じた。セリーナはスチュワートの顔から、もう一人の男の顔へと目を向けたが、誰も自分を助けてはくれないということが、だんだんとわかってきた。セリーナを助けられる人は誰もいなかった。彼女は一人ぼっちで、自分で何とかするしかなかった。彼女は最後に、少し震える声で言った。「タクシーは見つけられるかしら？」

「ええ、それはもちろん、外に。タクシーはたくさんいます」

ところが実際は、四台だった。旅行用のベージュのコートを着ていたせいで、外に出ると、暑さに気が滅入ったが、セリーナはタクシーを探しに行った。彼女が現れるやいなや、運転手たちが皆クラクションを鳴らし、手を振り、「お嬢さん《セニョリータ》」と声をかけてきた。そしてそれぞれ車から飛び出して来て、セリーナを自分の車へ連れて行こうとした。

彼女は大きな声で言った「誰か英語を話せる人はいる？」

「はい《シー》、はい《シー》、はい《シー》」

「わたし、カラ・フエルテへ行きたいの」

「カラ・フエルテ、はい《シー》」

「カラ・フエルテを知っているの？」

「はい《シー》、はい《シー》」全員が言った。

「まあ、誰か英語を話せる人はいないの……？」

「おお」一人の声が答えた。「しゃべれる」

それは、四番目のタクシーの運転手だった。同僚たちが何とかセリーナを引っ張り込もうとしている間、彼は静かに煙草を吸い終えるのを待っていたのだ。ようやくいい香りのする吸いさしを落とし、足で踏みつけると、前へ進み出て来た。その風貌を見ても、少しも安心できなかった。とてもおおがらな男で背もものすごく高く、その上太っていた。彼は青い開襟のシャツを着ており、黒い胸毛があらわになっていた。ズボンを精巧に編み込まれた革のベルトで留め、頭の後ろには旅行者がバカンスから持ち帰るようなたぐいの、釣り合わない麦わら帽子をかぶっている。こんなに朝早く、曇った時刻に、サングラスをかけており、細く伸びた黒い口ひげは、人知れぬドン・ファンといった雰囲気だった。彼は悪人のように見え、セリーナを動揺させた。

「俺は英語がわかるぜ」と、彼は強いアメリカ訛りのアクセントで言った。

「スペインのアメリカ空軍基地で働いているんだ。英語話せるよ」

「まあ、そうなの……」どう考えても人相の悪いこの男よりは他の三人の運転手たちの方がよかった。英語なんて話せなくても！

セリーナがためらっていてもお構いなしだった。「どこまで行きたいんだい？」

「カラ・フエルテ……まで。だけどやっぱり……」

「俺が連れて行くよ、六百ペセタで」

「あら、でも……」彼女は望みをかけて、他の運転手たちを見たが、彼らはすでにあきらめているようだった。自分の車に戻って、ぼろ切れで車のフロントガラスを磨いている者さえいた。

彼女はこの麦わら帽子を被ったおおがらな男のほうに向き直った。彼は折れた歯を見せて、流し目を送った。彼女はつばを飲み込むと、言った。「わかったわ、六百ペセタね」

「荷物はどこだい？」

「紛失してしまったの。バルセロナで紛失してしまって」

「そりゃ気の毒に」

「ええ、違う飛行機に載せられてしまって。今探してくれていて、明日か明後日には戻ってくるわ。今は、カラ・フエルテに行かなくてはならないわ、だからね……」

　おおがらな男の表情の変化に気づいて、セリーナは口をつぐんだ。男はセリーナのハンドバッグに目を落としていた。男の視線の先を見てみると、何か全く奇妙なことが起きていた。というのも、二本の丈夫な紐はまだ腕に掛かっていたが、バッグは大きく空いた口のようにあんぐりと開いて下がっていたのだ。前のベルトが、かみそりの刃か何かで巧みに切り取られていた。そしてお財布が無くなっている！

　タクシーの運転手はトニと言った。彼はきちんと自己紹介し、そのあとうんざりするほど長い治安警察《ガルディア・シビル》の聞き取りを受けたときには、セリーナの通訳の役割を果たしたのである。

「ああ、お嬢さん《セニョリータ》は盗難にあったんだ。今朝、空港の人混みの中に、かみそりを持った泥棒がいてね。何もかも持って行かれちまったんだ。持ち物全部をさ」

「パスポートは？」

「パスポートはあるんだ。でも金、ペセタとイギリスの金、トラベラーズ・チェックや、ロンドンへの帰りのチケットがないんだ」

治安警察《ガルディア・シビル》は念入りにセリーナのハンドバッグを調べた。

「お嬢さん《セニョリータ》は何も気づかなかったんですか？」

「ああ、何も。押し合いへし合いしながら人混みを通り抜けたんだ。気づくはずないさ」

「バッグはかみそりで切られたかのように見受けられますが」

「そうだ。かみそりだよ。かみそりの刃を持った泥棒さ」

「お嬢さん《セニョリータ》のお名前は？」

「セリーナ・ブルース。ロンドンからきた。イギリスのパスポートで旅行中だ」

「それで、ブルースさんのサン・アントニオでのご滞在先は？」

「それは……」セリーナはここで躊躇したが、ためらっている場合ではなかった。「カサ・バルコ、カラ・フエルテの」

「お財布の色は何色でしたか？　正確にはいくら入っていましたか？　トラベラーズ・チェックにサインはされていましたか？」

セリーナはうんざりしながら質問に答えた。時計は十時を回り、十時半を回り、さらに進んだ。彼女の最も悪い予感が見事に的中してしまったのだった。スーツケースを失くし、お金を失くしてしまったのだ。それでもなお、カラ・フエルテへ行かなくてはならなかった。

やっと取り調べは終わった。治安警察《ガルディア・シビル》は書類の角をそろえると立ち上がった。セリーナは彼にお礼を言い、握手した。警察官は驚いた様子だったが、にこりともしなかった。

セリーナとトニは一緒にもう人けのない空港の建物を突きって、ガラスのドアを出て立ち止まり、顔を見合わせた。セリーナは暑くて居心地が悪くなってきたので、コートを腕にかけて持ち、トニをじっと見て、最初の反応を待ってみた。

彼は黒っぽいサングラスをはずした。

「わたしは、それでもカラ・フエルテへ行かなければならないんだけれど」

「しかし、金を持ち合わせていないじゃないか」

「でも、お支払いするわ、約束します。カラ・フエルテに着いたら……わたしの……父があなたに料金をお支払いします」

トニはひどく顔をしかめた。「君のお父さん？　お父さんがここにいるのか？　何故それを言わなかったんだい？」

「言ってもどうにもならなかったでしょう。だって……どっちみち父に連絡はできなかったし。そうでしょう？」

「お父さんは、カラ・フエルテに住んでいるのか？」

「ええ、家はカサ・バルコっていう名前なの。きっと家にいるわ、だからお支払いできます」トニは彼女を見つめた。疑わしいし、信じられないというまなざしを向けた。「わたしをただここに置き去りにして行かないで。ロンドンへ帰る航空チケットさえ持っていないんですもの」

彼は少しの間宙を見つめ、煙草に火を点けることにした。

彼は本心は見せず、態度を明らかにしようとはしなかった。

「連れて行ってくれるって、あなた言ったわよね」セリーナは続けた。「料金はきっと払うわ。約束します」

煙草に火が点けられた。トニは煙を宙に吐き出し、黒い目で見まわしてからセリーナの顔に視線を戻した。彼女は不安そうで、青白かったが、明らかに裕福に見えた。壊れたバッグはワニ革だったし、上等な靴とよくコーディネートしていた。スカーフはシルクでドレスもコートも高価なウールでできていた。彼女が動くと、時折、細い金のネックレスが首筋にちらりと見え、金時計もしていた。間違いなく金の匂いがした。ハンドバッグの中には無いとしても、どこかにあるはずだ。今はまだ三月で、このいい客を拒むほど、そんなにタクシー料金を他には望むことはできないだろう。それにこの女の子は、この若いイギリス人《イングレーザ》は人をあざむくことなんてできないだろう。

彼は心を決めた。「オーケー」とついに言った。「行こうか」

第四章

トニはもともと優しい性格であり、寛大な気持ちになって、気さくに話しかけてきた。

「サン・アントニオは五年前まではとっても貧しい島だったんだ。スペインの内陸部との連絡はひどいもので、小さな船が、一週間に二便あるだけだった。けれど今は空港が出来て、旅行客は来るし、夏にはたくさんの人でにぎわい、だいぶ良くなってきている」

セリーナはだいぶ良くなるためには、まず道路の舗装が必要だと思った。今彼らのいく道は舗装されておらず、車のわだちが残っていて、トニの時代がかったオールズモビル（訳注1）のタクシーは、まるで海の上の船のようにガタガタ揺れて、走っていたのである。道は田園地帯を小さく区切る、低い石垣の間を曲がりくねっていた。土地は見たところ石ころだらけで、一向に良くなりそうな気配はないし、平屋建ての家屋は焼けつくような太陽で色あせ、白っぽい砂のような色をしていた。畑で働いている女たちは、くるぶしまでの黒いスカートをはき、頭には黒いスカーフをかぶっていた。男たちは色の薄れた青い服を着て、手ごたえのない土地を鋤で耕すか、二頭のラバに引かれた木製の荷車でガタガタ揺れながら進んでいた。山羊の群れや、やせこけたニワトリたちの姿が見えた。そしてだいたい一マイルごとにある井戸を、目隠しされた忍耐強い馬たちが取り囲み、水車は木桶のふちまでいっぱいに水を注ぎこみ、水路へと水を引いていたのである。

「それはそうと、ゆうべは雨が降ったわよね」セリーナは気づいて言った。

「今月に入って初めての雨だった。ここではいつも水が不足しているんだ。川は無くて、泉があるだけさ。日差しはもうこんなに強いし、土地はすぐに乾いてしまう」

「ゆうべは嵐の中、ピレネー山脈を越えて来たのよ」

「ここ地中海では、もう何日も悪天候が続いているよ」

「三月はいつもそうなの？」

「いや、三月は暖かいはずさ」そして彼の言葉を証明するように、その瞬間、日差しが雲の合間から漏れ、全てをうすい金色の光で映し出した。「その向こうの」トニは続けた。「あれが、サン・アントニオの町さ、山の上の大聖堂はずいぶん古い、要塞化した大聖堂なんだ」

「要塞化した？」

「フェニキア人（訳注２）や海賊、ムーア人（訳注３）たちからの攻撃に備えてね。何百年もの間サン・アントニオはムーア人に占領されてきたんだ」

町は海を背景に、フリーズ（訳注４）のように横たわっていた。山の白い家々から、高くそびえる塔と大聖堂の尖った屋根が抜きんでていた。

「サン・アントニオを通って行かないの？」

「いや、我々はカラ・フエルテへ向かっているよ」少しして彼は付け加えた。「島には来たことが無いの？　お父さんがここに住んでいるっていうのに？」

セリーナはゆっくりと回る風車の羽を見つめた。「ええ、ええ無いわ」

「カラ・フエルテを気に入ると思うよ。小さいけれどとてもきれいなんだ。ヨット乗りがたくさんやって来る」

「父はヨット乗りなの」彼女は考えなしに言ったが、声に出してみると、それが現実で、本当のことのように思えた。**父はカラ・フエルテに住んでいる。カサ・バルコという家に。そしてヨット乗りだ。**

雲はどんどん広がって散らばり続け、日の光がその間をぬって行き、そしてついに雲は海に向かって薄く延び、水平線のふちでたゆたっている。島は暖かさに包まれた。セリーナは機能的なメリヤスのドレスの袖をまくりあげ、窓を回し開けると、心地よい香りのするほこりっぽい風に髪をさらさらとなびかせた。彼らは小さい村々を通り抜け、鎧戸の閉まった、砂金石色の静かな町を、通り過ぎた。家々のドアは開いていて、チェーンカーテンが掛かっており、歩道では老婦人が台所用の椅子に真っ直ぐに腰かけ、おしゃべりをしたり、小さい孫たちの面倒を見たりしながら、くたびれた手で刺繍やレース編みをするのに余念が無かった。

彼らはクラマヨールに着いた。クリーム色の家々に、通りの狭い活気のない町で、トニは手の甲で口をこすると、喉が渇いた、と告げた。

セリーナは何を求められているのかよくわからなかったので、黙っていた。

「ビールがあるといいんだがな」トニは続けた。

「そうね……わたしだってビールを買ってあげたいけど、お金を持っていないから」

「俺がビールを買って来る」とトニは言う。狭い通りは丸石で舗装された広い中央広場に通じていて、背の高い教会と、木陰を作る木立と、店がいくつかあった。彼は良さそうなカフェを見つけるまで、ゆっくりと静かに車を回した。「ここにしよう」

「わたし……わたしは待っているわ」

「君も何か飲んだ方がいい。ドライブは暑いし、喉がかわくから。俺が飲み物を買ってやる」彼女は断ろうとしたが、彼は単に言い足した。

「君のお父さんが返してくれるだろう」

彼女は陽だまりの中、小さい鉄製のテーブルに座った。セリーナの背後では、店内でトニが店の主人と話していた。子供たちの小さな集団が学校から帰って来たばかりで、近づいてきた。皆実に楽しそうで、青い綿の袖なしの上着を着て、きれいな白い靴下をはいていた。子供たちはみな美しく見えた。ちいさい女の子たちは黒髪をきちんと三つ編みにして、耳には金のイヤリングを付け、手足はオリーブ色がかった金色で、美しい形をしており、笑うと、尖った白い歯が見えた。

子供たちは、セリーナが自分たちを見ていることに気が付き、身をよじってくすくす笑っていた。二人の少女が他の子たちより前に進み出て来て、セリーナの前に立ち、深い葡萄色の瞳が面白がって笑っていた。セリーナはお友達になりたいと思い、とっさにバッグを開けると、ずっと好きになれなかったシャープペンシルを取り出した。長さ三インチの、黄色と青のふさ飾りの付いているものだった。彼女はそれを差し出すと、一人の女の子に取るように勧めた。最初は二人とも恥ずかしがっていたが、編んだおさげ髪の少女がためらいがちに、噛みつかれまいとするかのように、セリーナの手の平から取り去った。もう一人の女の子は全く無邪気な仕草で、まるでプレゼントでも渡すように、自分の手をセリーナの手の平に重ねた。その手はふっくらとして、滑らかで、小さい金の指輪をはめていた。

トニがチェーンカーテンをくぐって、ビールとセリーナのオレンジジュースを持って戻って来ると、子供たちは怖がって、鳩のように散らばって行き、走り去った。手には房飾りのシャープペンシルを持って。セリーナがその姿をうっとりと見つめていると、トニが言った。「子供たちか……」まるで自分の子供ででもあるかのように、自慢げに、愛着のこもった声で。

彼らの旅は続いた。島の様子は今では、すっかりと変わり、道は山々のふもとに沿って進み、海側は、畑が下に向かってなだらかに傾斜し、霧のかかった遠い水平線へと伸びていた。三時間ばかり走ると、前方の高い山の上に、十字架が、空を背景に浮かび上がっているのがセリーナの目にとまった。

「あれは、何?」と訊いた。

「あれは、サン・エスタバンの十字架だよ」

「十字架だけが？　山の頂《いただき》に？」

「いや、あれはとても大きな修道院なんだ。男子修道会」

サン・エスタバンの村は山すそにあり、修道院の影の中に横たわっていた。町の中心の十字路で、ついに標示がカラ・フエルテを指して、セリーナが最初にそれに気が付いた。トニは車のハンドルを右に切った。行く手は下り坂で、サボテンの畑や、オリーブの果樹園、群生した香りのいいユーカリの木々の間を下って行った。目の前には松の木が密集した海岸が見えてきたが、もっと近づいてみると、セリーナには、明るいピンクや青、深紅色の花々に溢れた庭のある白い家々が広がっているのがチラッと見えた。

「これがカラ・フエルテ？」

「ああ《シー》」

「他の村と違って見えるわね」

「ああ、ここはリゾート地なんだ。観光客用のね。たくさんの人がここに夏用の別荘を持っているだろう。彼らは暑い季節になるとマドリードやバルセロナからやって来る」

「そうなのね」

周囲には松の木々があった。松脂《まつやに》の匂いのする涼しい木陰ができていた。彼らはニワトリがうるさく鳴く農場内の庭、一、二軒の家と、小さいワインの店を通り過ぎた。道は小さい中心広場に通じて広がり、真ん中に一本の松の木が枝を広げていた。片側には店があり、ドアの前に野菜を積み上げていて、ショーウインドーは縄底の靴や、カメラのフイルム、麦わら帽子や、絵葉書などで満たされていた。反対側にはムーア様式の曲線と影をかたどった家があり、その壁は漆喰で白く塗られ、光を受けて目が眩んだが、家の前には舗装されたテラスがあり、テーブルと椅子が備えられていた。ドアの上には「カラ・フエルテホテル」という看板がぶら下がっていた。

トニは木陰の下にタクシーを止めると、エンジンのスイッチを切った。ほこりが沈み、静まり返っていた。

「さあ、着いたぞ」彼が言う。「ここが、カラ・フエルテだ」

車を降りると、海からの涼しいそよ風が、二人を出迎えた。人はあまりいなかった。一人の女の人が店から出て来て、ジャガイモをかき集めて、カゴから紙の袋に詰め替えていた。子供たちが二、三人、犬と遊んでいた。旅行客が二人、手編みのカーディガンを着て、おそらくイギリス人だと思われるが、ホテルのテラスに座って、絵葉書を書いていた。顔を上げて、セリーナを見つけると、同郷の女性だと気づき、さっと、目をそらした。

トニとセリーナはホテルへと入って行った。トニが先導して歩いた。チェーンカーテンの向こうはバーになっていて、とても心地よく、きれいで涼しく、白い漆喰で塗られており、石の床にはカーペットが敷かれ、素朴な木製の階段が上階へと続いていた。その階段の下には別の扉があり、ホテルの裏手に通じていた。黒髪の娘がほうきを持って、静かに床の一方からもう一方へとちりを掃いていた。

彼女は顔を上げると、微笑んだ。「おはようございます《ブエノス・ディアス》」

「店主はどこだい？《ドンデ・エスタ・エル・プロプリエタリオ》」

娘はほうきを置いた。「ちょっと待ってて《モメント》」と言うと、軽い足取りで階段の下の扉を通って消えて行った。戸は彼女の後ろで弧を描いて閉まった。トニはバーに行って背の高いスツールの一つによじ登って座った。少しして、ドアが再び開き、男が入ってきた。背が低く、かなり若かった。あごひげをたくわえて、人なつっこいカエルのような目をしていた。彼は白いシャツを着て、黒っぽいズボンをベルトで留め、青いエスパドリュ（訳注5）をはいていた。

「おはようございます《ブエノス・ディアス》」と言って彼はトニからセリーナに視線を移し、またトニを見た。

彼女は素早く言った。「英語を話しますか？」

「ええ《シー》、お嬢さん《セニョリータ》」

「お手数をおかけしてすみませんが、人を探していまして。ジョージ・ダイヤーさんを」

「ええ？」

「彼をご存知ですか？」

彼は微笑むと手を大きく広げた。「もちろんです。あなたはジョージを探しているんですか？ジョージは、あなたが探していることを知っているんですか？」

「いいえ、そのほうが良かったかしら？」

「いやあ、言ってないのであればわからないだろうね」

「びっくりさせたくて」彼女は、楽しく聞こえるように言ってみた。

　彼は興味を抱いたようだった。「君は、どこから来たんだい？」

「ロンドンから。今日、サン・アントニオの空港から」

　セリーナはトニを示したが、彼は話の主導権を奪われたのが気に入らない、とでもいうようにむっつりとした表情で聞いていた。「タクシーの運転手さんが連れて来てくれたわ」

「俺はジョージを昨日から見ていないな。彼はサン・アントニオに行く途中だったがね」

「けれども、言った通り、わたしたちは今そこから来たのよ」

「おそらく、今はもう家にいるだろう。確かじゃないけど。帰って来るのを見かけなかったからね」店主はニヤリとした。「彼の車じゃ、長旅に耐えられるとは思えんがね」

　トニは咳ばらいをすると身を乗り出し、「どこに行けば会える？」と言った。

　あごひげの男は肩をすくめた。「カラ・フエルテに帰ってきているなら、カサ・バルコにいるだろうよ」

「カサ・バルコへは、どうやって行けばいい？」すると店主は渋い顔をしたので、トニは店主があまり快く思っていないことに気づき、釈明した。「我々はダイヤー氏《セニョール・ダイヤー》を見つけなければならないんだ。そうでないとタクシー料金を払ってもらえないからな。セニョリータは金を持っていなくて……」

　セリーナは息を吸い込んだ。「ええ……ええ残念ながら本当なの。どうやってカサ・バルコへ行ったらいいか、教えてもらえないかしら？」

「大変だぜ。きっと見つけられないだろうね。だけど」彼は言い足した。「案内する者を探してくるよ」

「ご親切に、どうもありがとう。セニョールごめんなさい、何て言うお名前でしたっけ」

「ルドルフォ。どっかの誰かさんじゃなくて、ルドルフォさ。ここでちょっと待っていてもらえれば、手はずを整えるよ」

　彼はカーテンをくぐり抜けて、中心広場を渡り、反対側の店に入って行った。トニがスツールにドスンと座ると、その大きな体は小さな椅子の左右からはみ出した。どうみても憂鬱そうだった。セリーナは心配になってきた。トニをなだめようとして言った。「ここで足止めされるなんて、困るわね、あなたがこんなに親切にしてくださるのに……」

「ダイヤー氏《セニョール・ダイヤー》がカサ・バルコに居るかわからないよ、サン・アントニオから帰って来るのを彼らだってまだ見ていないんだから」

「ええ、もし家に居なかったら、とにかく少し待てばいいわ……」

　それは言ってはならないことだった。「俺は待てないよ、労働者なんだから。時は金なり、さ、俺にとっては」

「ええ、もちろんだわ。わかるわ」

　トニはあたかもあんたにはわからないだろう、と言わんばかりに音をたて、まるで子供じみたむくれた男子生徒のように、彼女に半ば背を向けた。ルドルフォが帰ってきたのにはホッとした。彼は、日用雑貨店を営んでいる女性の息子に、二人をカサ・バルコに案内するように手配してくれた。少年はダイヤー氏の大きな注文の品を持っていて、それを自転車で配達しようというところだった。もしよかったら、タクシーで自転車の後についてくればいいと。

「ええ、もちろん、それはすばらしいわ」セリーナはトニの方を向いて、心にもなく快活に言った。「そうしたら、父がタクシー代をお支払いして、あなたは、真っ直ぐにサン・アントニオへ帰れるわ」

トニは納得していないように見えたが、バーのスツールから立ち上がると、セリーナに続いて中心広場へと出て行った。タクシーのそばでは、やせぎすの少年が自転車に乗って待っていた。ハンドルにはスペインの農夫なら誰でも使うような大きなカゴが二つ掛かっていた。雑におおわれた包みから、あらゆる形や大きさの物が突き出していた。ひとかたまりのパン、玉ねぎの束、ボトルの首。

ルドルフォは言った。「この子はトメウと言ってマリアの息子だ。彼が、道を教えてくれるよ」

まるでブリモドキ（訳注6）のように、トメウは前方の、入り組んだ海岸に沿ってうねり、白いわだちの残った道を縫うように進んでいった。島はクジャクのような緑がかった青い色の入り江に半ば貫かれ、岩壁の上には魅力的な白い別荘群と、その花に満ち溢れた小さな庭、太陽を浴びるテラスや飛び込み台がちらりと見えた。

セリーナは言った「ここに住むのもいいわね」しかし、トニの機嫌は急速にさらに悪くなり、返事をしようとはしなかった。道は、もはや道とは呼べなかった。菊におおわれたよその家の庭の、生垣の間を曲がりくねって行くただの小道に過ぎなかった。道は小高い丘に達し、それからとても大きな入り江までゆるやかに下って行った。その入り江の小さなヨットハーバーでは、二、三の釣り船が停泊し、かなり大きなクルーザーが深い水底に錨を降ろしていた。

小道は家々の後ろを下って行った。トメウは先に行って待っていた。タクシーが丘の頂上に見えると、彼は自転車から降りて壁に立てかけ、バスケットを降ろし始めた。

セリーナが言った、「きっとあの家だわ」

見たところ大きくはなかった。後ろの壁は小さな窓と鎧戸の閉まったドアを除けば、白い漆喰で塗られ、飾り気もなく、生い茂る黒い松の影になっていた。家の後ろでは道が左右に枝分かれして家々の後ろに伸びていた。そこここに狭い路地があり、階段が家々の間をぬって海へと下っていた。偶然の景色が全て、とても心地よかった。洗濯物は物干しロープにはためいていたし、魚獲りの網がいくつか外に干してあり、やせこけたネコが一、二匹、陽だまりの中に座って、毛づくろいをしていた。

トニのタクシーは、ガタガタ揺れ、滑りながら最後の数ヤードを進んだ。彼はその間、どこにも迂回するスペースが無いと不平を言い、自分の車はこのようなひどい道には向かないし、もし塗装が剥げたら損害賠償を請求してやる、と文句を言っていた。

セリーナはほとんど聞いていなかった。トメウが緑の鎧戸を開けて、重いカゴを運びながら家の中に消えて行った。タクシーが揺れて止まると、セリーナは急いで降りた。

トニは言った。「俺はこのまま行って引き返して、金を取りに戻って来るから」

「ええ」セリーナは上の空で言うと、開いたドアを眺めた。「わかったわ、そうしてちょうだい」

彼は急に速度を上げたので、彼女はつま先をひかれないように、側溝の中まで下がらなくてはならなかった。しかし彼が行ってしまうと、小道を渡り、松の木の下まで行き、カサ・バルコの開けたままのドアをくぐり、慎重に中に入った。

彼女は小さい家だろうと思っていたが、そうではなく、天井の高い大きな部屋にいることに気づいた。鎧戸は全て閉まっていて、暗くて、涼しかった。キッチンは無く、バーのように調理室を囲むカウンターが、リビングとの境になっていた。そしてカウンターの向こうには、トメウがいた、彼はひざまずいて食料品を冷蔵庫の中に積み上げていた。顔を上げると、セリーナがカウンターから身を乗り出すのを見て微笑んだ。「ダイヤーさん《セニョール・ダイヤー》は？」と彼女が言う。

彼は首を振った。「ここには、いない《ノ・アキ》」

ノ・アキ。ここには、いない。気持ちが沈んだ。彼は、サン・アントニオから帰っていないのだ。トニには何とか言い訳をして、そして辛抱強く待たねばならないことをわかってもらわなくてはならなかった。なにせ二人ともどのくらい待たなくてはならないのかがわからないのだから。

トメウが何か言った。セリーナは理解できずに見つめた。トメウはどういう意味だか示すため、狭い調理室から出て来て、向かい側の壁まで近づいて行くと、鎧戸をはずし始めパッと大きく開けた。とうとうたる明かりと、日の光が家中に広がり、すべての色が突然浮かび上がった。南側の壁は海に面して、ほぼ一面、窓になっており、鎧戸の付いた二重ドアから、テラスに出られるようになっていた。テラスでは竹を割いて作ったひさしが日よけとなっていた。低い塀があり、古い陶磁器類が二、三個と、ゼラニウムの壺が置かれ、塀の向こうではちらちらと海が青く光っていた。

家自体は斬新なレイアウトになっていた。部屋の中には壁がほとんどなく、ただ調理室の天井は狭いロフトになっていて木の手すりが付けられ、船のはしごのような一続きの階段がかけられていた。その階段の下には別のドアがあり、非常に小さい洗面所に続いていた。壁の高いところに穴があって、そこから陽の光を取り入れ空気を入れ換えられるようになっており、洗面台とトイレ、見たところ古びたようなシャワーがあり、棚にはびん類や歯磨き粉、道具や鏡が並び、床には丸い洗濯カゴが置かれていた。

その他のスペースは天井の高い、素晴らしい魅力を備えたリビングになっており、白い漆喰で塗られ、床は石でできていて、鮮やかな色のカーペットの数々が敷き詰められていた。部屋の隅の一つには大きな三角形の暖炉があり、良い香りのする灰で満たされていて、軽くひと吹きするだけで再び燃え上がるかのように見えた。炉床は床からおよそ十八インチ高くなっていて、座るのにちょうどいい高さだった。そして壁伝いに棚のようなものがあり、クッションやカーペット、本の山やランプ、よりつぎの途中のいくつかのロープ類、新聞や雑誌の山、空のビンの入った箱などが雑然と置かれていた。

暖炉の前にはテラスと海に背を向けて、とても大きなたるんだソファーがあり、六人はゆうに座れるほど大きかった。色あせた青いリネンのカバーがゆるやかに掛けられ、赤と白のストライプの毛布がもたせ掛けてあった。部屋の向こう側には、日の光がちょうど射す位置に、左右に引き出しを備えた安っぽい両袖机が置かれ、たくさんの紙類やタイプライター、開封していない手紙類や双眼鏡の入った書類ケースがあった。タイプライターに紙が一枚挟まれていて、セリーナはこっそりと見ずにはいられなかった。

「ジョージ・ダイヤーの新作小説」彼女は読んだ。「なんとか猟犬を飛び越える、のろまなキツネ」

そしてアステリスク（＊）のマークと、エクスクラメーション（！）マークが一行。

彼女は口をへの字にした。「これがルートゥランド氏の望んでいた物？」

調理室とドアの間には、井戸があって錬鉄のフックにバケツが掛かっており、広い棚には半分空いたワインのボトルと、サボテンの鉢植えが置かれていた。セリーナは下を向いて、暗く光る水を見た、甘くおいしそうな匂いがして、飲んでも大丈夫かしら、と思った。しかしおばあ様がいつも言っていた。海外では、沸かした水以外は飲んではいけない、と。そして今は、胃腸炎にかかってしまうかもしれないという危険を冒すべき時ではなかった。

　彼女は井戸を後にして、部屋の真ん中に立ち、ロフトを見上げた。どんな風になっているのか見てみたい、という誘惑にかられて、セリーナははしごを昇って行き、天井の傾斜したベッドルームを見出して心惹きつけられた。彫刻の施された、とても大きなダブルベッド（どうやってここまで運んだのかしら？）が、斜めになった切妻の真下に置かれていた。狭くて、他の家具を置くスペースは無かったが、水夫用の長持ちが二つ、低い壁に寄せて置かれ、ふくらんだカーテンは洋服タンスの役割を果たしていた。オレンジの箱を裏返したサイドテーブルがあり、本や、電気スタンド、トランジスターラジオ、そして航海に使うクロノメーター（訳注7）が置かれていた。

　テラスからトメウが呼んだ。「セニョリータ！」セリーナははしごを下りると彼の方に行った。トメウは塀の上に座り、大きな白いペルシャネコと一緒にいた。セリーナに微笑みかけ、あたかもネコをセリーナに渡そうとするかのように、その腕にすくい上げた。

「ダイヤー氏《セニョール・ダイヤー》」と言って、かわいそうにニャーオと鳴いているネコを示した。ネコは少しもがくと軽やかに飛び跳ね、ゆったりと歩いて隅の陽だまりに堂々と座ると、尻尾を前足まで巻き付けた。

「この子ずいぶん大きいわね」とセリーナが言った。トメウは顔をしかめた。「大きい」とセリーナは再び言うと、腕でネコの大きさをトラぐらいに示した。「大きい」

トメウは笑った。「ああ《シー》、とっても大きいんだ《ムィ・グランデ》」

「この子はダイヤー氏《セニョール・ダイヤー》のネコ？」

「そう《シー》、ダイヤー氏《セニョール・ダイヤー》」

セリーナはトメウの隣に行くと塀から身を乗り出した。そこには小さい三角の、岩の多い庭があり、こぶだらけのオリーブの木が二、三本生えていた。急斜面に建てられたどの家も同じであるように、カサ・バルコは壇にぴったりあわせてあり、テラスはボートハウスの屋根になっており、着水台が水に向かってのびていることに、セリーナは気づいた。一続きの階段がテラスから下の平地に掛かっており、その真下には二人の男がしゃがんで、魚を洗っていた。二人が魚をきっちりと切るナイフの刃は、陽の光を受けて輝いていた。彼らは魚を海水ですすぎ、波のない翡翠色の水を揺らしていた。トメウは身をかがめて石のかけらを拾うと、男たちの方に投げた。誰だと言わんばかりに二人は顔を上げ、トメウを見ると微笑んだ。

「おやまあ《オンブレ》、トメウ！」

彼は何か、生意気な口調で返事を返すと、二人は笑い、また仕事に戻って行った。セリーナの手の下の石壁が温かくなっていた。白い漆喰のせいでセリーナの服は黒板のチョークが付いてしまったみたいに、前が少し汚れていた。彼女は向きを変えると海に背を向けて座り、洗濯ロープが二つのフックに掛けられ、一並びの洗濯物がしわが寄ってからからに乾いているのを見た。色あせた青い仕事用シャツ、海水パンツ、膝の所につぎの当たった白いズック製のズボン、ボロボロに履きつぶされた古いテニスシューズが靴の紐で、ロープに結ばれていた。テラスには家具が二三個置いてあったが、それは『ハウス&ガーデン』誌（House & Garden）に出てくるようなタイプのものではなかった。ボロボロの竹製の椅子と木製のペンキのはげたテーブル、そして作りの悪い、座ったら壊れそうなデッキチェアー。彼女はスペイン語が話せたら、トメウと仲良くお話しできたのに、と思った。ダイヤー氏《セニョール・ダイヤー》について聞きたかったのである。彼はどんな男性なの？　どれが彼のヨットなの？　トメウは彼がいつサン・アントニオから帰って来ると思う？　しかし、彼女が何かコミュニケーションを取ろうと話し始めないうちに、トニのタクシーが戻って来る音がした。不吉な運命の鐘の音のように。タクシーがドアの前で止まると、次の瞬間トニが家の中に入ってきた。不機嫌そうで、さっきよりひどい様子だった。取って食われることはないわ、とセリーナは自分に言い聞かせなくてはならなかった。そしてきっぱりと言った。

「ダイヤー氏《セニョール・ダイヤー》は帰っていないわ」

　トニはこの知らせを冷ややかに押し黙って聞いた。そして楊枝を取り出すと気障りな奥歯をほじった。楊枝をズボンの尻でぬぐうと、ポケットに戻し言った。「一体全体どうするんだ」

「わたしはここで待つわ。そんなに長くかからないと思うから。ルドルフォは間もなく帰って来るって言っていたわ。あなたもここで待つか、名前と住所をわたしに残して、サン・アントニオへ帰ってもいいわよ。いずれにしても、必ず支払うように取り計らうわ」

　無意識にセリーナはおばあ様の口調を真似していた。そして彼女自身驚いたことには、それが功を奏した。トニはあきらめてこの事態を受け入れた。彼は歯から息を二、三回吸い上げると、結論を告げた。

「俺も待つ。だがここじゃない。ホテルで待つ」

ホテルにはコニャックがあるし、木陰にタクシーを停めて、昼寝《シエスタ》をすることができるだろう。もう二時半になっていたのだ。彼にとっては、こんな時間に起きているのはいただけない話だった。「ダイヤー氏《セニョール・ダイヤー》が戻ったら、知らせに来てくれ」

セリーナはホッとして、彼にハグしたいくらいだったが、ただ「わかったわ、必ずそうします」と言うにとどめた。そして彼がだいぶしょげて見えたので、言い足した。「こんなことになってしまって、ごめんなさい。でもじきに解決するわ」

彼はとても大きく肩をすくめると、ため息をつき、自分の車に戻って行った。トニが車を発車させ、丘を越えて、カラ・フエルテホテルに戻って行くのが聞こえた。

セリーナは「かわいそうなルドルフォ」と、ちょっと思った。そして、トメウの方を向いた。

「わたしはここに残るわ」と言った。

彼は、顔をしかめた。「あなたは《ウステ》、ここ《アキ》？」

「ええ、ここ」彼女は地面を指さした。トメウは理解してニッコリとし、空のカゴを集めに行った。

「さようなら、トメウ、ありがとう」

「さようなら《アディオス》、セニョリータ」

彼は行ってしまい、セリーナは一人になった。彼女はテラスへ出て、今、自分は父を待っているんだ、と自身に言い聞かせた。しかし完全にそう思い込むことはまだできないでいた。父はわたしを見たら、何も言わなくても、気づくかしら。もし気づかなかったら、何て話そうかしら、と思った。

とても暑かった。陽の光はひさしのかかったテラスを強く照り付けた。こんなに暑い思いをしたのは一体いつのことだったのか、セリーナは思い出せなかった。ナイロンのストッキングと革靴、ウールのドレスに突然、我慢できなくなった。そんなものを身に着けているのはもはや賢明ではなく、この気温では常軌を逸していた。

しかし、おばあ様にとってはストッキングをはかない脚など論外だった。夏用のドレスの時でさえも。そして手袋も必要不可欠であった。「手袋で、女性の品格を示すことが出来るのよ。帽子もかぶらないで、あちこち出歩くなんて、なんてはしたない娘かしら」

しかしながら、おばあ様はもういないのである。愛され、死を悼まれながらも、間違いなく亡くなったのである。もう声は聞こえず、独善的な意見を耳にすることは二度とないだろう。そしてセリーナは独り立ちしていた。父の家で、自分の望むようにすればよかったのだ。このクイーンズ・ゲイトから遠く離れた世界で。彼女は家の中に入って行った。そして靴を脱ぎ、ストッキングをはぎ取った。すると涼しくなり、自由で快適な気持ちになって、食べ物を探しに行った。

冷蔵庫の中にバターがあった。そこで一枚のパンの上にバターを少しのせ、トマトと冷えたソーダ水も取り出した。このピクニックランチを彼女はテラスで食べた。塀の上に座って、港の船を眺めた。その後だんだんと眠くなってきたが、寝ているところを見つけられるのは嫌だった。寝ているところを見つけられるのは何か、とっても無防備だった。硬くて居心地の悪いところに座って、起きていなくてはならなかった。

結局、ロフトへのはしごを昇り、そこに座った。はしごの一番上だったので、多少不安だった。少しすると、白い大きいネコが陽だまりからやって来て、落ち着く場所を求めて、はしごを昇ってきた。しきりと喉をゴロゴロと鳴らしながら、足でセリーナの膝を踏みつけた。セリーナの手首の腕時計はゆっくりと回って行った。

訳注1　オールズモビル　アメリカの自動車のブランド名

訳注2　フェニキア人　フェニキア人は紀元前三千年頃から交易、商業、航海の民として地中海で活躍。ローマに破れて忽然と姿を消したが、彼らがつくりだしたアルファベットや造船、航海技術、染色、ガラス加工の技術はその後の歴史を変えた

訳注3　ムーア人　ムーア人は北西アフリカのイスラム教徒の呼称。主にベルベル人を指して用いられる。七世紀以降には北アフリカのイスラム化が進み、イベリア半島に定着したアラブ人やベルベル人は、原住民からモロと呼ばれるようになる。次第にモロはアラブ、ベルベルを問わずイスラム教徒一般を指す呼称となった

訳注4　フリーズ　古典建築の柱の上の帯状部。彫刻を施して作った帯状の装飾

訳注5　エスパドリュ　スペインのズック

訳注6　ブリモドキ　スズキ目アジ科に分類される魚の一種。大型魚、船、流木などに付いて泳ぐ習性から、パイロットフィッシュ（水先人の魚）という英名がある

訳注7　クロノメーター　高精度な時計。特に航海時の経度・時間などの測定用

第五章

　フランシス・ドンゲンは言った。「なぜ帰らなくちゃならないのか、わからないわ」

「言っただろう。パールにエサをやらなくちゃならないんだ」

「パールは自分でエサにありつくわ。あなたのうちの周りには大勢のネコをまかなえるくらい、死んだ魚がじゅうぶんにあるんだから。もう一晩泊まって行って、ダーリン」

「パールだけのことじゃないんだ。エクリプス号のこともあるし……」

「でも、エクリプスは嵐を切り抜けたわ……」

「切り抜けたかどうかはわからないさ。天気はまた悪くなってきそうだし……」

「そうね、まあ」とフランシスは言って、煙草をもう一本手に取った。

「そう思うんなら、帰った方がいいわね」

　何年も前に、彼女がまだ子供で、オハイオ州のシンシナティーにいた頃、母親が言っていたのだ。男をつかまえておく最良の方法はね、とにかくその男に自由だ、と思わせておくことよ、と。フランシスはまだ、ジョージをつかまえておく段階には入っていなかった、なぜならまだ彼をものにさえしていなかったのだ。しかし彼女にとってはこの魅力的な、追いつ、追われつのゲームはお手の物だったし、時間をかけるだけの余裕があった。

彼女はサン・アントニオの旧市街の高台にある、自分の家の小さなテラスに座っていた。見上げると、わずか数百ヤード上に大聖堂があり、見下ろすと、丸石を敷き詰めた、曲がりくねった道が入り組み、背が高くて幅の狭い家々が立ち並び、洗濯物のロープはどこまでもつらなり、古い要塞の壁にまで掛かっていたのである。壁の向こうは、新市街になっており、幅の広い通りと、木々に囲まれた街の中心広場が港へと続いていた。港は、島のスクーナーや、白い高いマストのヨットや、バルセロナから毎週やって来る、到着したばかりの汽船でいっぱいになっていた。

二年前、裕福なアメリカ人の友達とクルージングヨットで到着して以来、彼女はずっとこの魅力的な場所に住んでいた。六週間この船の一行と過ごすと、フランシスはひどく退屈してしまい、パーティーのため皆で上陸した際に、二度と船に戻らなかったのである。三日間、思いっきり飲み食いした後、見知らぬベッドでひどい二日酔いで目を覚ましたときには、クルージングヨットは、彼女を残し、全ての乗船客を乗せて、出発してしまったのを知ったのだ。

そんなことは、フランシスには何でもなかった、彼女はすでにたくさんの新しい友達を作っていたし、お金持ちで、二回結婚し、根無し草のように自由であった。サン・アントニオは彼女にはまさに打ってつけだった。そこには、画家や自国を離れた人や、作家やビート族があふれていた。だがフランシスはかつて、グリニッジ・ビレッジで、売れない画家と何か月も暮らしていたことがあり、そうしたことにはすっかり慣れていたのだ。彼女はすぐにこの家を見つけ、最初の生活が落ち着くと、何か時間を満たす方法に目を向けた。彼女は画廊を開くことに決めた。在住している画家や、来訪する旅行客の双方がくる場所で、それには当然大規模な投資が必要だった。港で使われなくなった魚市場を買い取ると、改築し、この商売に取り組んだ。父からだけではなく、二人の前夫からもまた譲り受けたセンスで、経営に当たったのである。

彼女は間もなく四十だったが、全てにおいて年をごまかしていた。背が高く細身で、少年のように日焼けし、ブロンドの頭には、天然のカールした髪が絡まっており、着るものといえば、普通ならティーンエイジャーが身に着けるような服ですませることができた。ピチピチのパンツに、男物のシャツ。それにビキニときたら、それはもはや、二枚のハンカチを結んだものとしか言いようが無かった。ヘビースモーカーで、自分でもアルコールをやりすぎることはわかっていたが、ほとんどいつも、そして今朝は格別、人生は彼女が常日頃からそうありたいと願って来た通り、素晴らしかったのである。

昨晩のパーティーは、オーラフ・スヴェンセンの初めての展示会が大いに成功したことを祝って開かれた。オーラフは、サン・アントニオの基準からみても、かつて見たこともないくらいひどく汚らしい若者だった。あごひげや足の爪はだらしなく、ほとんど見るにたえなかったが、そのポップアートの彫刻は人の目を引くこと請け合いで、フランシスは、大衆に衝撃を与えることに、幾ばくかの満足感を覚えていたのだ。ジョージ・ダイヤーは、もちろんパーティーに招かれた。本が出版されてからというもの、彼は多少有名人になっていたのだ。しかし、ジョージが来てくれるという保証は無かったので、フランシスは、彼がドアから入って来て、煙草のけむりが充満し混みあった部屋の中を、縫うように彼女のもとへと進み出したのを見たときには、嬉しさで舞い上がった。彼はフランシスに、サン・アントニオへはボートの部品のスペアを取りに来たんだ、と言った。フランシスがオーラフ・スヴェンセンの作品についての感想を尋ねてみると、ジョージは飲み物がただで飲めるからパーティーに来ただけだとわかったが、重要なのは、彼がそこにいる、ということだった。そしてさらには、そこにとどまり、パーティーが終わるまでずっと、終わってからも、フランシスと一緒にいた、ということであった。彼女は彼と知り合ってからもう一年くらいになる。去年の春、彼女はカラ・フエルテに住む若いフランス人画家の作品を見に車を走らせてきたのだ。仕事を切り上げると、いつものようにルドルフォのバーで画家に数杯のマティーニをおごっていたフランシスだが、ジョージ・ダイヤーが入って来ると、頭をテーブルに載せて眠っているフランス男を見捨て、その代わりにジョージと話し出した。二人は最終的にはランチを共にし、午後六時までコーヒーを飲み、時間が来ると、ブランディーに再び切り替えたのであった。

彼はいつもサン・アントニオに一週間に一回来ては、ヨットクラブから郵便物を引き取り、銀行に寄り、ボートの必需品を買い込んだ。そしてその際にほとんどいつもフランシスを訪ねるのだった。一緒に夕食を食べたり、すでに盛り上がっている水辺のバーで開かれるパーティーのたぐいに参加したりするのであった。フランシスはものすごく彼に惹かれていた。自分でもわかっていたが、ジョージが彼女に惹かれるよりもずっと。しかしこのことは彼女に、いっそうジョージを魅力的に見せていた。彼が興味を示す他の事、彼女から彼を遠ざける全ての物にも嫉妬した。文筆業、ヨット。しかしその多くはジョージがカラ・フエルテで送る自立した暮らしぶりにあった。彼女はもっと自分を必要としてほしかった。しかし彼は何ものをも必要としていないように思われた。彼女は彼女のお金にも心奪われなかったが、その下品ですごく男まさりなユーモアのセンスを喜んでいた。

今やジョージを見つめながら、満足感を持って思うのだった。ここ何年間で初めて出会った本物の男だ、と。

彼は帰る支度を整えていた。買ったもの全てをカゴの中に詰め込んだ。その褐色の手がこの何気ない作業をしているのを見るにつけ、彼女は身を焦がすような肉体的な飢えを感じるのであった。彼女は自分の賢明な判断に反し、もう少し長く居てもらおうという期待を込めて、言った。

「あなた、何も食べていないじゃない」

「家で何か食べるから」

家で。ここそが彼の家であってほしかった。フランシスは言った。「飲み物は?」

ジョージは笑って顔を上げ、フランシスを見た。その目は明らかに充血していたものの、ひどくおもしろがっているようだった。「考えてもご覧、おちびさん、俺は三時間も運転するんだよ」

「お酒一杯に、殺されたりはしないわよ」彼女は自分も一杯やりたかったのである。

「それはそうだが、眠ってしまったりしたら、いまいましい大型トラックに殺されてしまうだろう」

カゴはいっぱいになった。彼は立ち上がると言った。「行かなくちゃ」

フランシスも立ち上がった。身をかがめて煙草の吸いさしをもみ消すと、行って彼の物を持つのを手伝った。ジョージが船のスクリューのスペアを収めた重い木箱を持ち、フランシスはカゴを持ち、中庭へ続く石の階段を先頭にたって降りて行った。その庭にある井戸の横にはレモンの木が生えていた。彼女は狭い通りへと続く重い二重ドアを開け、陽の光の中へ出て行った。この正気とは思えない丘の斜面に、ジョージの愛すべき車、古いモーリス・カウリー（訳注1）が止まっていた。黄色いタイヤに、乳母車のようなフードが付いていた。二人は荷物を積み込み、ジョージが振り返って別れを告げた。

「楽しかったよ」と彼は言った。

「それは、わたしたちが何も予定していなかったからよ、ダーリン。こういうの何て言うのかしらね？　成り行き？」彼女はジョージの口にキスをした。背が高かったので、キスを求めて手を伸ばす必要は無かった。ただ前かがみになるだけで不意に彼の唇をとらえた。彼女は鮮やかな濃い口紅をつけていたので、ジョージの唇に付くと、甘い味がした。彼女がゆっくりと離れると、彼は手の甲で汚れを拭きとった。

ジョージは車に乗り込んだ。

「さよなら、ダーリン」

「バーイ、フランシス」

「バーイ」

フランシスは、昨日の晩にジョージと笑い転げながら前輪の下に埋め込んだ石を取り除いた。ジョージはブレーキを踏むのをやめると、車は車輪の回転だけで進み出した。進むにつれて恐ろしいほどスピードが上がり、お祭りの遊園地にある螺旋状の滑り台のように狭くて急勾配の道を、ネコやニワトリをすっ飛ばして走り降りた。すると古い要塞の壁の門に配置された治安警察官《ガルディア・シビル》が、著しくあるまじき行為、とでもいうように歯から息を吸い上げた。

ジョージはカラ・フエルテへと車を疾走させた。ほこりっぽい道を下り、よく手入れされた畑の間を通って、風車小屋や、水車を回す忍耐強い馬たちのそばを過ぎた。山々のふもとの曲がりくねった道にさしかかると、サン・エスタバンの十字架が彼の上に聳えていた。彼は外に目を凝らし海を見た。再び嵐がやって来る気配は無いかと。そしてフランシスのことを思った。サン・アントニオでフランシスと一緒に住むようになることを考えてみた。出版者のルートゥランド氏に、地獄へ落ちろ、と書いてやることさえできたら楽しいだろうな、と。もう本なんて書く必要は無いし、浜辺で珍しいものでも集めて、安逸に暮らし、金持ちなアメリカ人女性に囲われて生きるのだろう。

サン・エスタバンではシエスタは終わり、鎧戸は開け放たれ、二、三の客がなごやかにカフェの前に座っていた。ジョージは通り過ぎるときに、車のクラクションをプープー鳴らし、客たちは、「おや《オン》、まあ《ブレ》！」とそれに応えて、手を振った。何故なら彼らは皆ジョージのことを知っていたから。名前は知らずとも、顔見知りだったからなのだ。黄色いタイヤの小さい車に乗ったいかれたイギリス人で、ヨット帽をかぶり、島じゅうをドライブし、時々本を書いている、と。

　車の回転だけでカラ・フエルテに入る最後の直線コースを下ると、彼は、ルドルフォのバーに立ち寄って一杯飲んでいこうかどうしようか、と少し考えた。結局は、自分でもむしろ驚いたが寄らないことに決めた。彼はもちろん友達に会いたかったが、おそらくは、思っていた以上に長居して、適量を超えて飲んでしまうだろう。天気が怪しいし、パールはお腹を空かしているだろう。立ち寄らない代わりに、中心広場を通り抜けるとき、彼は優しくクラクションを鳴らし、カラ・フエルテホテルのテラスに座る誰彼にともなく愛想よく手を振った。ルドルフォらしき姿は無かったが、二、三の飲み客が驚いて手を振り返した。ジョージは家に帰れると思うと気分が良くなり、口笛を吹き始めた。

　家に入るときも口笛を吹いていた。セリーナはまだはしごに腰かけていて、車が丘を越えて、坂道を下り、カサ・バルコの前で、古びたブレーキがキーッと音をたてながら止まるのを聞いた。彼女はじっと座っていた。大きくてずっしりと重い白いネコが、膝の上で寝入っていたのだ。車のエンジンが切れると、口笛が聞こえた。車のドアが開き、ぱたんと閉まった。口笛はまだ続いていて、次第に大きくなってきた。カサ・バルコのドアが押し開けられ、男が入って来た。

彼は片手でカゴを持ち、段ボール箱を反対の腕に抱えて、巻いた新聞紙を口にくわえていた。ズボンの尻でドアを閉めるとカゴを床に置き、新聞を口から取ると、カゴの中にほうり、箱を机のタイプライターのそばに持っていき、注意深く置いた。セリーナには彼の顔がわからなかった。というのも、使い古した航海用らしきキャップのつばのせいで見えにくかったからだ。しかし彼は箱の蓋を開け、薄紙の下の中身を調べていた。そしてどうやら満足したようで、双眼鏡を取るとテラスへと消えて行った。セリーナはさっきと同じ場所にじっと座っていたが、ネコが目を覚まし始めた。彼女はネコを撫でた。不安だったし、ネコにはじっとしていてほしかったからだ。少しして彼がまた家に入ってきて、双眼鏡を置き、キャップを脱ぎ、テーブルの上に投げた。黒い髪は、たっぷり生えていたが、白髪がちらつき始めていた。シャツは農夫たちと同じ色あせた青いもので、ズボンは色落ちした、カーキ色のデニム、靴はほこりをかぶった、エスパドリュだった。まだ口笛を吹きながら、カゴを取りに戻ると調理室へと運び、再びセリーナの視界から消えた。セリーナは彼が冷蔵庫のドアを開け、閉めるのを聞いた。ビンの栓の開く音がして、グラスが鳴り、飲み物が注がれる音がした。再び現れたとき、彼はソーダ水のようなものが入ったタンブラーを持っていた。彼は外のテラスへ戻っていくと、呼んだ。「パール！」ネコは足を伸ばし始めた。「パール！　パーリー！」彼は誘い込むようにキスの音を真似た。ネコはミャーオと鳴いた。ジョージが部屋の中に戻ってきた。「パール」

セリーナは唇をなめ、深く一息つくと、言った。

「このネコを探しているの？」

ジョージ・ダイヤーは驚いてその場で突然立ちつくした。見上げてみると、女の子が階段の一番上に座っていた。セリーナの素足がすらりと伸び、その膝の上には、パールがまるで大きな白い毛皮のクッションみたいに載っていた。

彼はかすかに顔をしかめ、思い出そうとつとめ、言った。「つい今しがた、俺が入ってきたとき、君はそこに居たのかい？」

「ええ」

「君に会ったことはないな」

「ええ、知っていてよ、わからないと思うわ」ジョージは独り言を言った。この子の声はとてもいいイントネーションだし、申し分なくしつけられているんじゃないか、と。彼女はさらに続けた。

「パールって、あなたのネコの名前なの？」

「ああ、そいつにエサをやるために帰って来たんだが」

「この子は、午後の間じゅうずっとわたしの膝の上に載っているの」

「午後の間じゅうずっと、って……一体どれだけ君はここに居たんだい？」

「二時半からよ」

「二時半？」彼は腕時計をチラッと見た。「しかしもう、五時過ぎだぜ」

「ええ、知っているわ」

そのときパールが会話に割り込んできた。パールは体を起こして伸びをすると、もう一度哀愁を帯びてミャーオと鳴いた。そしてセリーナの膝から軽やかに飛び跳ね、階段を降りて行ったのだ。沸いたやかんのように喉をゴロゴロ鳴らし、ジョージの足元に体を巻き付けたが、この時ばかりはかまってもらえなかった。

「君はここに何か特別な理由があって来たんだろう？」

「ええ、そうなの、あなたに会いに」

「それじゃあ、はしごを降りて来るっていうのはどうかな」

彼女はそれにしたがった。立ち上がり、明らかに硬直してはしごを一段一段降りて来て、髪を顔の後ろに押しやろうとした。フランシス・ドンゲンをはじめとする、サン・アントニオの日焼けした若い女の子たちに比べ、彼女はとても青白く見えた。ストレートな栗色の髪は、肩まで伸び、前髪は眉にかかっていた。瞳は青かったが疲れの色が見えた。彼は思った。彼女はまだ、綺麗と言うには若すぎる、と。

彼は言った。「俺らは知り合いじゃないと思うけど……違うかな？」

「ええ、ええ、知り合いではないと思うわ。勝手に家に入り込んで、気になさらなければいいけれど」

「いや、少しも」

「ドアがロックされていなかったから」

「カギなんて、どこにも付いていていないんだ」

　セリーナは冗談かと思って微笑んだが、どうやらそうではないらしく、微笑むのをやめ、次に何を言うべきか考えてみた。無意識のうちに、ジョージが自分に気が付いてくれることを期待していた、例えば「君は誰かに似ている」とか、「いやもちろん、以前君に会ったことがある、いつだったか、どこかで」などと。しかしそのような言葉が発せられる見込みはなさそうで、また、その容貌にも当惑した。はつらつとした目の、清潔な若い将校であった父の面影が無かったのだ。父はきっと、まさに褐色の肌をしているだろうと期待してはいたが、その顔がこんなにしわが寄って、目が充血しているとは思ってもみなかったのである。実際にはジョージは髭を剃らなくてはならなかったのであり、その髭があごのくっきりとしたラインと割れ目を隠していただけではなく、悪らつな雰囲気を醸し出していたのだ。そして何より、彼女を見ても、全く喜ぶ様子が見られなかったのである。

　彼女は息を飲み込んだ。「きっと……あなたは何故わたしがここに居るのか不思議に思っていると思うけど」

「ああ、そうだね。けれどそのうち君は話してくれると思っているよ」

「わたしはロンドンから飛行機に乗ってここに来たの……今朝、昨夜、いいえ今朝」

彼は恐ろしい疑念に襲われた。「ルートゥラントが君を送り込んで来たのかい？」

「誰ですって？　ああ、ルートゥラントさんね、出版者の。いいえ違うわ、もっとも手紙の返事が欲しいとは言っていたけれど」

「奴なんか、くたばってしまえ」またある思いがふと浮かんだ。「しかし、君は彼を知っているんだね？」

「ええ、まあ。彼にお会いして、あなたをどうやって見つけたらいいか訊いたんですもの」

「ところで、君は誰なんだい？」

「わたしの名前は、セリーナ・ブルース」

「俺は、ジョージ・ダイヤー。けれど察するに、君はもう知っているんだよね」

「ええ、知っているわ」

また沈黙が続いた。ジョージは、意に反して興味を持ち始めた。「君はファンかな？　ジョージ・ダイヤーのファンクラブの設立委員じゃないかい？」セリーナは首を振った。「それじゃあ、君はカラ・フエルテホテルに滞在していて、俺の本を読んだのかな？」彼女は再び首を振った。

「これはトゥエンティー・クエスチョンズ（訳注２）みたいじゃないか？　あなたは有名な人ですか？　あなたは女優ですか？　あなたは歌いますか？」

「いいえ、だけどわたしはあなたに会いに来たの、何故なら……」勇気はくじけた。「何故なら」

彼女は言葉を引き取った。「あなたに、六百ペセタ借りられるか聞きかなくちゃならなくて」

　ジョージ・ダイヤーは、大いに驚いて開いた口がふさがらなくなり、ソーダ水の入ったグラスを、落とす前に慌てて置いた。

「何だって？」

「ですから」セリーナはとてもはっきりとした、非常に高い声で、まるで誰か耳の聞こえない人に向かって話すように言った。「六百ペセタわたしに貸してもらえないかしら？」

「六百！」彼は笑った。笑ったが、面白がっていたわけじゃない。

「まさか冗談だろう？」

「冗談であればいいのですけれど」

「六百ペセタ！　そんな金持っていないさ！」

「どうしても六百必要なの。タクシーの運転手に払うの」

　ジョージはあたりを見まわした。「タクシーの運転手が、どう関係してくるんだい？」

「空港《アエロプエルト》から、カラ・フエルテまでタクシーで来なくてはならなかったの。タクシーの運転手にあなたが払ってくれるって話したわ。だってわたしはお金を全然持っていないんですもの。わたしのお財布は空港《アエロプエルト》で盗まれてしまったの、スーツケースを探してもらっている間に……見てちょうだい……」彼女はハンドバッグを取りに行き、きれいに二つに切られたバッグのベルトを見せた。「治安警察《ガルディア・シビル》は、これはとても手慣れた泥棒に違いないって言っていたわ。だってわたしはちっとも気が付かなかったんですもの、しかもお財布だけ取られて」

「君のお財布だけ。それで、そのお財布には何が入っていたんだね？」

「トラベラーズ・チェックでしょ、英国通貨がいくらかと、ペセタが少し。それから」彼女は、何もかも話してしまおうと心を決めたかのように、付け加えた。「帰りの航空チケット」

「なるほど」とジョージは言った。

「それで、タクシーの運転手が今、カラ・フエルテホテルであなたを待っているの。お金を払ってくれるのを」

「それじゃあ、君は空港《アエロプエルト》からカラ・フエルテまで俺にタクシー代を払わせるために、タクシーに乗って俺を探しに来たって、いう意味かい？　狂ってるよ……」

「さっきも言ったように……、わたしのスーツケースが全然出てこなくて……」

「君はその上、スーツケースまで失くしたっていうのかい？」

「わたしが失くしたんじゃないわ。失くされたの。航空会社に」

「それはまさに、ジェット旅行だな。ロンドンで朝食を、ランチはスペインで、スーツケースはボンベイか」

「バルセロナまではあったの。でも航空会社からは、マドリードに送られてしまったんじゃないかって言われたの」

「そうすると」とジョージは有能なクイズの司会者が、話をまとめるように言った。「君のスーツケースはマドリードにあって、お財布は盗まれた、と。そして君はタクシー代の六百ペセタを払いたいんだね」

「そうなの」セリーナはやっと彼が状況を理解してくれたと、喜んで言った。

「それで、君の名前は何て言ったっけ？」

「セリーナ・ブルース」

「よし、セリーナ・ブルースだね。君と顔見知りになれて嬉しいし、もちろん君の不運の連続には心を痛めるよ、でもまだわからないのは、俺とそれがどう関係して来るのかっていうことさ」

「あなたとおおいに関係があると思うの」セリーナは言った。

「ほおう、そうかね？」

「ええ、あのう……わたしは、あなたの娘だと思うの」

「つまり……」

ジョージはまず、セリーナは正気ではないのだという反応を示した。彼女は、あちこち歩き回っては、自分はウジェニー皇后（訳注３）だと主張するたぐいの、いわゆる気が狂った女性で、ただこの子の場合は、彼に対して思い込みを抱いているのだ、と。

「ええ、あなたはわたしの父だと思うの」

いやこの子は、正気じゃないわけではない。ひたすら純粋で、自分の言っていることを心から信じているのだ。ジョージは自分が理性を持たなくてはならないと思った。「どうしてそう思うんだね？」

「父の写った小さな写真を持っているの。父は戦争で死んだものと思っていたわ。けれど父はあなたと同じ顔をしているの」

「それは、お父さんは気の毒だったね」

「いいえ、まったくそんなこと……」

「その写真を持っている？」

「ええ、ちょうどここにあるわ……」彼女は再び身をかがめてバッグを取り、ジョージは、この子が何歳なのか計算してみようと思った。彼は思い出してみようとした。死活にかかわる重大なことだけど、このひどい告発に、ごくわずかの信ぴょう性でもあるのかどうか、判断しようとしてみた。「これよ……わたしはいつもこれを持ち歩いているの。五年ほど前にこれを見つけてからずっと。それでそのあと、あなたの本の裏表紙の写真を見て……」彼女はそれを彼に差し出した。彼は彼女から目を離さずにそれを受け取り、言った。「歳はいくつ？」

「二十歳」

ジョージはほっとしてひどく力が抜けた。その表情を隠すため彼はセリーナが手渡した写真に素早く目を落とした。彼は何も言わなかった。そしてセリーナが、最初にロドニーにそれを見せたときに彼がしたように、ジョージ・ダイヤーはそれを明かりの方へ持って行った。少しして彼は言った。「彼の名前は何て言うの？」

セリーナはごくりとつばを飲み込んだ。「ジェリー・ドーソン。けれどあなたと同じイニシャルだわ」

「この人について何か教えてくれるかい？」

「そんなにたくさんは知らないわ。あのね、父はわたしが生まれる前に殺されたのだと、ずっと聞かされてきたの。母の名はハリエット・ブルース。そしてわたしを産んでからすぐに亡くなったの。だからわたしはおばあ様に育てられたわ。それで、わたしは、セリーナ・ブルースって名乗っているの」

「君のおばあさんは、君のお母さんのお母さん、だね」

「ええ」

「それで君はこの写真を見つけたんだね……？」

「五年前に、母の本の中から。それから……『カラ・フエルテの祝祭』をもらって、本の裏表紙のあなたの写真を見て、そっくりだと思ったの。つまり同じ顔よ。同じなの。同じ人だ、って」

ジョージ・ダイヤーは言葉を返さなかった。彼は開いたドアから戻って来ると、彼女に写真を返した。そして煙草に火を点け、マッチを振り払い、灰皿のど真ん中に置くと、言った。「君は、彼が殺されたと言われたって、言っていたね。そのことはどうなるの？」

「それは、そういうふうに聞いていたから。けれどわたしは、おばあ様が父のことを好きじゃなかったっていうことは、ずっと知っていたわ。おばあ様は父に、決して母と結婚して欲しくなかったの。それでわたしはこの写真を見たときに、何か間違いがあったのではないかと思ったの。彼はそもそも殺されてなどいないのだと。負傷したか、何か記憶を失くしたのか。そう言うことって、起こるものでしょう」

「しかし、君のお父さんの場合は違う。君のお父さんは死んだんだよ」

「それじゃあ、あなたは……」

彼はとても穏やかに言った。「俺は、君のお父さんではないよ」

「でも……」

「君は二十歳だろう。俺は三十七だ。おそらくもっと年がいっているように見えるだろう。けれど本当のところは、まだ三十七なんだ。俺は戦争にさえ行ったことが無い。いずれにしてもその戦争にはね」

「でも写真は……」

「俺は、ジェリー・ドーソンは俺のまたいとこじゃないかと思うんだがね。実際には俺たちが似ているのは、遺伝の気まぐれってやつさ。実のところ、俺たちがそれほどすべて似ているとは思っていないんだ。君のお父さんの写真と、俺の本の裏の写真とでは、時間的に差があるからね、俺の最盛期ですら、そんなにかっこよくはなかったさ」

セリーナは彼をじっと見つめた。彼女はこんなに日焼けした褐色の男を見たことが無かった。誰かに縫ってもらう必要のある、ボタンのとれたシャツは開いていて、黒い胸毛が見え、シャツの袖は肘まで無造作にめくり上げられていた、あたかもきちんとするのは趣味じゃないといったように。セリーナは奇妙な感覚がした。自分の体が何をしょうとも、コントロールできないかのようだったのだ。ジョージがそこに立って自分は父親じゃないと言ったとき、セリーナは、脚ががくがく震え、目は涙でいっぱいになり、彼を叩いてやりたいという気持ちにさえなった。それは、全て事実だった。ジェリー・ドーソンは死んだのであった。

彼はつとめて優しく、まだ話を続けていた。

「……すまない、君がこんなに遠くまで旅してきて。どうか悪く思わないでくれ……そうした間違いは誰にだって起こることさ……何と言っても……」

彼女は胸がいっぱいでのどがずきずきと痛み、彼の顔がこんなに近くにあるのに、ぼやけ始め、池の底に沈むかのようにかすんでいった。それまでとても暖かかったのが、今や、急に氷のように冷たくなり、腕や背中そして髪の芯に至るまで、鳥肌が立っていた。彼は言った。だがその声はとても遠くから聞こえてくるかのようだった。「大丈夫かい？」そして彼女は自分をふがいなく思った。結局は、気を失うでもなく、激怒して彼を攻撃するでもなく、ただ、屈辱的に涙に泣きぬれていたのだから。

訳注1　モーリス・カウリー　イギリスの自動車のブランド名

訳注2　トゥエンティークエスチョンズ　アメリカのクイズ番組。ラジオで一九四六年から一九五四年まで、テレビで一九四九年から一九五五年まで放映された。回答者は答えを導くための質問を合計二〇問まで、謎の登場者に行うことができる

訳注3　ウジェニー皇后　（一八二六年五月五日〜一九二〇年七月一一日）フランス皇帝ナポレオン三世の皇后。ウジェニーは恋をしていたアルバ公が姉パカと結婚してしまったため、失恋の痛手から男装し、マドリッドの町を煙草を吸いながら闊歩したり、裸馬で町を疾走したりするなどの奇行が五年ほど続いた。失恋する一年前に、ナポレオン三世が大統領となった祝賀の舞踏会に母親と参列したことがきっかけとなり、一八五二年にナポレオン三世が皇帝となった翌年に、ナポレオン三世と結婚し、皇后となった

第六章

「ハンカチかなにか持っていらっしゃらない？」とセリーナは言った。

ジョージはハンカチは持っていなかったが、クリネックスティッシュの大きな箱を取って来て彼女の手にぐっと押し付けた。セリーナは一枚引っ張り出して、鼻をかんで言った。「こんなに全部はいらないわ」

「本当にいらない？」

「ごめんなさい。こんなに、泣いてしまうつもりはなかったのだけれど」

「それは、わかっているさ」

彼女はもう一枚ティッシュを取ると再び鼻をかんだ。「この時をずっと待ち望んできたの、でも一瞬で冷えきってしまったわ」

「余計に寒くなって来たね、日は沈んでしまったし。また嵐の警告が出ているよ。こっちに来て座りなさい」

彼はセリーナの肘に手を当てて、とても大きなソファーへといざなった。まだ震えているセリーナの膝に紅白の柄のブランケットを掛けると、ブランデーを持って来てやる、と言った。セリーナはブランディーは好きじゃない、と言ったが、それでもジョージは行ってしまい、セリーナは彼がせまい調理室のカウンターの中で、ボトルとグラスを見つけ、彼女のために飲み物を注ぐのを見つめていた。

彼が飲み物を持って戻って来ると、言った。「すごくお腹が減っているのだけれど」

「とにかくこれを飲んじゃいなさい」

グラスは小さくて厚みがあり、ブランディーがストレートで入っていた。セリーナはぶるっと身震いした。飲み終えると、彼は空のグラスを取り、調理室へ戻る途中で暖炉の中の灰を蹴り、流木をもう一本ポンと投げ入れた。灰が巻き上がってまた沈むと、入れたばかりの流木はねずみ色の灰に覆われた。間もなくしてセリーナは、赤い光と、小さな炎が出ているのを見た。

「ふいごもいらないのね……もう燃えているわ」とセリーナは言った。

「スペイン人はいい暖炉の作り方を心得ているんだ。何が食べたい？」

「何でもいいわ」

「スープ、パンとバター、ハムにフルーツ」

「スープを少し頂けるかしら」

「缶のが……」

「ご迷惑じゃないかしら」

「君に泣かれるよりはましさ」

セリーナは傷ついて言った。「泣くつもりじゃなかったの」

スープを温めている間彼は戻って来て炉床の端に腰かけ、話しかけてきた。「どの辺りに住んでいるんだい？」煙草に手を伸ばしながら訊ね、暖炉からこぼれた木片で火を点けた。

「ロンドンよ」

「おばあさんと一緒に？」

「おばあ様は死んでしまったわ」

「一人で住んでいるんじゃないんだろう？」

「ええ、アグネスがいるわ」

「アグネスって誰？」

「乳母よ」と言ってセリーナはすぐに口をつぐんだ。「つまり……乳母だった人ね」

「他には誰もいないの？」

「いるわ」セリーナは言った。「ロドニーが」

「ロドニーって誰なんだい？」

セリーナの目は大きく見開かれた。「彼はわたしの……弁護士なの」

「誰も君がここに来ていることを知らないのかい？」

「アグネスが知っているわ」

「弁護士は……？」

「彼はいなかったわ。仕事で」

「それじゃあ、君のことを心配する人はいないんだね、どこへ行ったのか気遣う人は」

「ええ」

「それは良かったね」

鍋の中のスープが沸騰し始めた。ジョージ・ダイヤーは調理室に戻った。船のように狭い調理室がこの家のキッチンなのだ。ジョージが深皿とスプーンを探していると、セリーナが言った。

「あなたのお家、好きだわ」

「そうか?」

「ええ、とてもいい雰囲気がするの、自然にあるがままで、あらかじめ計画を立てていなかったみたいに」

彼女は結婚したらロドニーと暮らすことになっているロンドンのマンションを思い浮かべてみた。カーペットやカーテン、ふさわしい照明、クッションやくずかご、キッチンのシチュー鍋や片手鍋に至るまで考えをめぐらせた時間のことを。セリーナは言った。「家ってこうあるべきよね。こんな風に変化していくのがいいわ。そこに住む人と一緒にね」ジョージ・ダイヤーは自分のウイスキーにソーダを注いでいて、それには答えなかった。彼女は続けた。「いくつかの物はもちろん必要だけど、頭の上の屋根と暖炉と、……それから寝る所も必要ね」彼は片手にスプーンをさしたスープの深皿と、もう一つの手には自分の飲み物を持ってキッチンから出て来た。セリーナはスープの深皿を受け取ると言った。「どうやってベッドをロフトまで運んだの?」

「バラバラにしてさ、上で組み立てたんだ」

「とても大きいわね」

「スペインではマトリモニアーレって言って、夫婦用ベッドなんだ」

セリーナは、ちょっときまりの悪い思いをした。「どうやって上まで運んだのかと思って……勝手に見るべきではなかったわね、ごめんなさい。でもあなたが帰ってくる前に全部を見ておきたかったの」

ジョージは尋ねた。「さて、君はこれからどうする？」

セリーナはスープに目を落とし、それをかきまぜた。野菜スープのところどころに英字の形をしたパスタが浮かんでいた。「帰った方が良さそうね」と言った。

「チケットもお金もないのに？」

「もしいくらか貸していただけたら、トニのタクシーに乗ってサン・アントニオまで戻れるわ。そうしたらロンドン行の次の飛行機に乗れるわ」

ジョージは言った。「俺が六百ペセタ持ってない、って言ったのは本当のことなんだ。昨日サン・アントニオに行ったのも、一つには金を下ろすためだったんだが、バルセロナの手形交換をしてくれる銀行で遅滞があって、今、一文無しなんだ」

「それじゃあ、タクシーの運転手に何て言ったらいい？　彼にお金を払わなくてはならないの」

「多分、カラ・フエルテのルドルフォが何とかしてくれるだろうよ」

「それって、どういうこと?」

「こんなこと、彼は馴れっこさ」

「タクシー代の六百ペセタだけじゃないのよ。飛行機のチケットをまた買わなくちゃならないの」

「ああ、わかっている」

　スープは飲むにはまだ熱すぎた。セリーナは再びかき混ぜながら言った。

「わたしって本当に馬鹿みたいだって、思っているでしょう」

　彼は否定しなかったので、セリーナは続けた。「もちろん、手紙か何かを書くべきだったのよね。だけど返事を待つのだと思うと、耐えられなかったの」彼はまだ黙ったままだったので、セリーナは自分を弁護する必要を感じた。「父親がいないことに馴れなくちゃならないと思っているでしょう。ましてや父親を知らないなら、なおさらのことだと。でもわたしにはそれは、とても無理だったの。いつもずっと父のことを考えてきたの。ロドニーに言わせると、わたしは父親というものに取り憑かれているんですって」

「取り憑かれるってことは、悪いことじゃないがね」

「アグネスにあなたの本の後ろに載っている写真を見せたの。そうしたらあなたがわたしの父にあんまり似ているものだから、彼女はびっくり仰天してしまって。実はそれでわたしがここに来ることになったのよ。だってアグネスは父のことをよく知っていたのですもの。それに、もしお財布を盗まれさえしなかったら、こんなばかなことにはならなかったわ。それまでは全てうまくいっていたんですもの。乗り換えも間違わなかったし、スーツケースがマドリードへ行ってしまったのは、わたしのせいじゃないわ」

「今まで、一人で旅したことはないのかい？」ジョージはいぶかしげに言った。

「いいえ、何回もあるわ。だけど電車に乗って学校やなんかに行ったり」彼の表情の中には、セリーナを完全に正直にさせてしまう何かがあった。「そうしたら誰かがわたしを迎えに来てくれているの……」

　セリーナは肩をすくめた。「わかるでしょう」

「いや、わからないけど、君を信じるよ」

　彼女はスープを飲み始めた。「もしわたしの父が本当にあなたのまたいとこなら、わたしたち親戚ね」

「おやじ同士がいとこってことだ」

「かなり遠縁なのね、そうじゃない？　なんだか王族みたい。うちの父のことは知らなかった？」

「ああ、君のお父さんのことは知らないね」彼は眉をひそめた。「君の名前は何て言ったっけ？」

「セリーナ」

「セリーナか、もしも君は俺の娘じゃないって証明しなければならないなら、それが証拠だな」

「どういう意味？」

「俺だったら、女の子に決してそんな名前は付けないいさ」

「何てつけるつもり？」

「男ってやつは、めったに娘のことは想像しないものだよ。息子のことだけさ。ジョージ・ダイヤー・ジュニア、かな」彼は空想上の息子にグラスを上げ、飲み干すと、グラスを置いた。「さあ、急いで、スープを飲んじゃってくれ。タクシーの運転手を探しに行こう」

彼がスープ皿とグラス類をシンクに積み上げ、お腹を空かしたパールにエサをあげている間に、セリーナは彼のバスルームの洗面台で手と顔を洗い、髪をとかし、ストッキングと靴を再びはいた。彼女がまた姿を見せると、ジョージはまたテラスに出ていて、帽子を頭の後ろにやり、双眼鏡で波止場を見ていた。セリーナは彼の横に立った。

「どれがあなたのクルーザーなの」

「あれだよ」

「何て言うの？」

「エクリプス」

「一人で操縦するには大きすぎるわね」

「ああ、いつもは乗組員がいるんだ」と言って言い足した。「嵐になるとイライラするよ。すごい波が岬の周りに迫って来て、錨を引き抜いていくのさ」

「あそこなら、エクリプスは安全じゃない？」

「深い水底には岩が聳え立っているから、何が起きても不思議じゃないさ」

セリーナは空をちらっと見上げた。どんよりとして鉛のように薄暗かった。「また次の嵐が来るのかしら?」

「ああそうだな、風が変わったたよ。天気が崩れる前触れだ」彼はゆっくりと双眼鏡を下ろすと、彼女の顔を見た。「ゆうべは嵐に合った?」

「嵐がわたしたちをピレネー山脈まで追ってきたの、ようやくバルセロナに着陸できたのよ」

「海の上での嵐はどうってことないけど、空じゃぁ、なすすべがないよ。準備はできたかい?」とジョージが言った。

「ええ」

「車で行こう」

彼らは部屋に戻り、ジョージは双眼鏡を机の上に置いた。セリーナはバッグを取って、心の中でカサ・バルコに別れを告げた。ここに来ることをどんなに願ってきたか。そして今、わずか数時間いただけで、もう去ろうとしている。二度と来ることは無い。セリーナはコートを取った。

「いったい何だってそんなもの持っているんだ?」

「わたしのコートよ。ロンドンは寒いんですもの」

「そうか、忘れていたよ。ほら、持ってやるよ」彼はそれを肩にひょいと掛けると言い足した。

「君の旅行トランクが無いってことは、ともかく身軽に旅行できるってことさ」

二人は家の外へ出た。セリーナはジョージの車が、冗談のつもりなのか、何なのか、わからなかった。それはまるで学生の仮装行列用に装飾されたかのようで、セリーナはよっぽど彼が自分でタイヤを黄色く塗ったのか訊こうと思ったが、なんとなくその勇気が出なかった。彼らはそれに乗り込み、ジョージはセリーナのコートを彼女の膝の上に掛けた。エンジンは始動し、ギアが切り替えられ、車はぞっとするくらい前へ後ろへ小刻みに動いて方向転換した。災難は避けられないかと思われた。堅牢な壁に激突するかと思いきや、今度は後ろのタイヤが、路地の急な階段の瀬戸際から落ちそうになった。セリーナは目をつぶった。ついに車が前方へ飛び出し、丘を登ると、非常に強い排気ガスの臭いがし、ガチャンという不吉な音が、足の下のどこかから聞こえて来た。座席は、たるんで穴が開いていたし、床は何年も前から敷物が無くなっており、ゴミ缶の底そのものだった。ジョージのため、セリーナは彼のヨットがもっと安全で航海に適したものであることを祈った。

しかしながら、ジョージの車でカラ・フエルテの街をドライブするのは、何かとても楽しかった。子供たちが皆甲高い声で笑い、手を振って、嬉しそうに大声で叫んでいた。女たちは皆、庭に腰かけたり、扉のそばで噂話をしたりしていたが、二人の方に振り返って、後ろから挨拶を送っていた。男たちはオープンカフェの外に座ったり、仕事から家に帰えろうと歩いていたりしたが、立ち止まっては、二人をやり過ごし、大きな声で冷やかしていた。セリーナにはスペイン語はわからなかったが、ジョージにはもちろんわかっていた。

「何て言っているの?」

「俺がどこで新しい彼女を見つけたのか知りたがっているんだ」

「それだけ？」

「じゅうぶんだろう？」

彼らは派手にカラ・フエルテホテルに乗り付けると、急に止まったので、タイヤから白い砂ぼこりが立ち、ルドルフォの店のテラスで、夕方の最初の食前酒を楽しんでいた客の飲み物やテーブルにかかった。イギリス人が「くそいまいましい！」と言うのが聞こえたが、ジョージ・ダイヤーは無視して、ドアを開ける手をわずらわせることなく車からまたいで降りると、テラスの階段を昇り、セリーナを後ろにしたがえて、チェーンカーテンをくぐって行った。

「ルドルフォ！」

ルドルフォはカウンターの後ろにいた。スペイン語で「そんな大声を出さなくても聞こえるさ」と言った。

「ルドルフォ、タクシーの運転手はどこだ？」

ルドルフォは、笑顔ではなかった。トレイの上の飲み物を注ぐと、言った。

「出て行ったよ」

「出て行った？　金は要求しなかったのか？」

「いや、金は欲しがったさ。六百ペセタ」

「誰が支払ったんだい？」

「俺さ」とルドルフォが言った。「お前に話がある。給仕してくるから、待っていろ」

　彼はカウンターの後ろから出ると、一言も発しないでセリーナたちを通り過ぎると、チェーンカーテンの向こうへ消えて行き、テラス席へ向かった。セリーナはジョージをじっと見つめた。

「怒っているのかしら？」

「多分、何かにいらだっているんだろう」

「トニはどこにいるの？」

「出て行ったんだよ。ルドルフォが金を返したんだ」

　事の重大さがわかるまでに数秒かかった。「でも、出て行ってしまったのなら……わたしはどうやってサン・アントニオまで帰ればいいの？」

「そんなこと知るもんか」

「あなたが連れて行ってよ」

「俺は今晩はもうサン・アントニオには行かないよ。もし行ったとしても、我々が君の航空チケットを買えないってことに変わりはないんだから」

　セリーナは唇を噛んだ。「ルドルフォはさっきは親切だったのに」

「誰だって同じだよ。ルドルフォの性格にも二面性があるのさ」

　ルドルフォが戻ってきた。チェーンカーテンがその背後でぶつかり合っている。彼は空になったトレイを置くと、ジョージのほうに向きなおった。

ルドルフォは、上品にしつけられたイギリスのお嬢さんの耳にはおそらく届かない言葉である、スペイン語を使った。ジョージは自己防衛しようと、けしきばんだ。彼らが声を荒げると、セリーナは、その言いがかりのほとんどが、明らかに自分のことであるという事実を無視できなくなり、時々口をはさんだ。「ねえ、どうか何の話をしているのか、わたしに教えてちょうだい」とか「わたしにわかるように、少し英語で話してくださらない？」しかし、二人とも少しも彼女に注意を払わなかった。

口論はついに、一杯のグラスビールを注文しにきた太ったドイツ人によって遮られた。ルドルフォがカウンターの中に行って、彼に給仕している間、セリーナはその機会をとらえて、ジョージの袖を引っ張って、言った。「何が起こっているの？　どうなっているのか教えてちょうだい！」

「ルドルフォが腹を立てているんだ。君がカサ・バルコで待つ、と言ったからルドルフォは、タクシーの運転手も君と一緒にそこで待つと思っていたんだ。ルドルフォは、流れ者のタクシーの運転手が自分のバーに座って、酔っぱらうのが嫌だったんだ。おそらく特に毛嫌いしていると見えるね」

「そうなの」

「ああ、そうさ」

「それだけ？」

「いや、もちろんそれだけじゃないさ。しまいには、ルドルフォは運転手を追い払うために、金を払ったと言うんだ。それで今、奴は俺に六百ペセタの貸しがある、って言っているんだ。奴は俺が金を返せないんじゃないかって思っているのさ」

「いいえ、わたしがお返しするわ……約束するわ……」

「大事なのはそこじゃないんだよ、ルドルフォは今、金が欲しいのさ」

太ったドイツ人が険悪な雰囲気を察して、ビールを持って、外へ出て行くと、すぐにルドルフォとジョージは再び互いに向き合ったが、セリーナが、さっと前へ進み出てきた。

「あの、お願いだから、ええっと……ルドルフォさん。これは全てわたしの責任なの。わたしがお金をお返ししに来るわ。だけど、ご存じのように、お金を全部盗まれてしまって……」

ルドルフォは、この話をさっきも聞いていた。「君はカサ・バルコで待つと言ったよな。タクシーの運転手と一緒に」

「彼がここにそんなに長く居るとは思わなかったんですもの」

「それからお前は」ルドルフォはまたジョージの方へ向き直った。「いったいどこへ行っていたんだ？　サン・アントニオへ行ったきり、帰ってこないで。だれもお前の居場所を知らないじゃないか……」

「お前には関係ないだろう。どこへ行って何をしようが、俺の勝手だろ」

「俺がお前のつけを払う羽目になったんだから関係があるのさ」

「誰もお前に払ってくれ、なんて頼んでないぞ。それにあれは、俺のつけじゃないさ。そもそもお前は全てを台無しにしてしまったよ。これじゃあ彼女はもうサン・アントニオに戻れないじゃないか」

「じゃあ、お前が連れて行けよ！」

「冗談じゃない」ジョージが怒鳴った。そう言うとバーを飛び出し、テラスの階段をひとまたぎで降り、車に飛び込んだ。セリーナもジョージに続いて飛び出した。「わたしはどうすればいいの？」

ジョージは振り返ってセリーナを見た。「どうするんだ？　来るのか？　それともここに残るのか？」

「ここに居たくないわ」

「それじゃ、来いよ」

選択の余地は無かった。村の半分とルドルフォの客たちが、この状況を面白がっているようだった。ジョージは身を乗り出して、彼女にドアを開けてやり、セリーナはジョージの隣に乗り込んだ。

この瞬間に、まるで天上の舞台監督の采配ででもあるかのように、急に嵐が巻き起こった。目も眩むほどの閃光が、天空を引き裂き、ゴロゴロと雷の音がしたかと思うと、突然風が高鳴り、松の木を震えさせた。カラ・フエルテホテルのテラスのテーブルクロスがめくれ上がり、結びそこなった帆のように、はためいた。マリアの店の外にある帽子掛けから、いくつかの帽子が吹き飛ばされ、ピンクや黄色の輪のようになって、大通りまで転がって行った。ほこりが渦を巻いて立ちのぼり、風に続いて雨が降り出した。重くて大粒の雨が降りしきり、側溝は瞬時に溢れかえった。

皆、建物の中へ急いだ。ルドルフォの店の客たちも、噂話をしていた女たちも、駆け回っていた子供たちも、道端で作業していた二人の男たちも。まるで空爆のサイレンでも鳴ったかのごとく、災害が差し迫っているような空気に包まれ、あっという間に人けが無くなった。残ったのはセリーナとジョージ、二人の乗った小さな車だけだった。

セリーナは降りようとしていたが、ジョージはエンジンを入れており、彼女の背中を引っ張った。「わたしたちも逃げましょうよ」と彼女が言う。

「何のため？　こんなちょっとぐらいの雨なんて怖くないだろう？」

「ちょっとぐらいの雨ですって？」彼の横顔は無表情で、これに答えてはくれなかった。「フードは上がらないの？」

彼は車のギアを入れると、ロケット噴射のように突然走り出した。

「もう十年は上げていないさ」彼は車と雨と風のやかましい音に逆らって叫んだ。すでに車のホイールキャップまで水が上がって来て、セリーナの足元で溢れかえっていた。彼女は水をかい出したほうがいいかしら、と思った。

「もうっ、上がらないフードなんて、何の意味があるの？」

「愚痴はやめてくれ」

「愚痴を言っているんじゃないわ、だけど……」

ジョージがアクセルを踏むと、セリーナは恐怖で言葉を失った。彼らはごうごうと音をたてて道を下って行き、タイヤをキーッときしませてぎりぎりの所で曲がり、黄色い泥のしぶきをあげた。海は鉛色で、小さくて素敵な別荘の庭は、風で、すでに荒れ放題だった。大気中には葉っぱや藻の切れ端、松の葉などがいっぱい浮遊しているようだった。ついに丘を登りきり、カサ・バルコへの小道を下って行くと、水が高い塀と塀の間にたまって、川のようになり、ジョージの車は水上ボートのように進んでいった。

水のほとんどは重力にしたがって、波止場へと通じる階段へと流れ落ちていたが、かなりの量がジョージが車庫として使っている古い納屋に浸水しており、既に洪水のような状態になっていた。

それにもかかわらず、ジョージは真っ直ぐにそこへ車を進め、壁からギリギリのわずか数インチ、といったところで停めた。エンジンを切ると車から飛び降りながら言う。「さあ急いで、車から降りてドアを閉めるのを手伝ってくれ」

セリーナは怖くて嫌とは言えなかった。四インチはある、冷たく、汚い水の中に降り、ゆがんだドアを引っ張って閉めるのを手伝いに行った。ようやく閉め終わると、ドアに寄りかかり、ただ力ずくで押さえて、ジョージが古めかしいかんぬきを押し込むのを待った。やり終えると彼はセリーナの手首をとって、カサ・バルコの中へ導いた。そのときまた光が暗い空を引き裂き、続いてとどろくような雷鳴がとても近くで鳴り響いたので、セリーナは天井が落ちてくるのではないかと思った。

　家の中も、安全とは言えなかった。ジョージは真っ直ぐにテラスへ出て、鎧戸と格闘し始めた。風がとても強かったので、家の壁からそれらを引き離して閉めなければならなかった。植木鉢は既に落ち、いくつかは塀の上部に、他はテラスの上へと散乱し、壊れた陶器の破片と泥が飛び散っていた。ジョージがついに鎧戸を閉めると、家の中は暗く馴染みなく見えた。彼は灯りを点けようとしたが、停電していた。雨が暖炉の煙突から落ちてきて火を消し、井戸は今にも溢れ出るのではないかと思うほど、ゴボゴボと音をたてていた。

セリーナが口を開いた。「ここは、大丈夫かしら？」

「大丈夫じゃない理由がどこにあるんだい？」

「わたし、雷が怖いの」

「君には何もしないさ」

「稲妻はそうじゃないわ」

「そうか、それなら稲妻を怖がっていればいいさ」

「わたし、わたしもそれが怖いの」

セリーナはジョージが謝るべきだと思ったが、彼はただポケットの中をさぐり、びしょ濡れの煙草の箱を引っ張り出しただけだった。パチパチいう暖炉にポイッとそれを投げ込むと、他の煙草を探してうろうろとし、やっとキッチンでひと箱見つけた。一本取り出して火を点けると、そのままそこで、自分用に強いウイスキーをついだ。そのグラスを井戸まで持っていき、釣瓶を落として水をなみなみと汲むと、長年のこなれた手つきで水を釣瓶から一滴もこぼすことなく、グラスに注いだ。

「飲み物は?」と彼が言う。

「いらないわ」

彼はウイスキーを一口飲むと、立ったままセリーナを見つめた。セリーナには彼が笑っているのかどうかわからなかった。彼らは二人とも、湯ぶねにでも落ちたかのように濡れていた。セリーナは壊れた靴を脱ぎ、ドレスの裾からポタポタ落ちる雫でますます広がっていく水たまりの中に立ち尽くしていた。そして髪は顔や首に張り付いていた。濡れてもジョージにはどうということもないようで、セリーナほど困った様子はなかった。「あなたは、こういうことに馴れているみたいね」とセリーナは言って、ドレスの裾をしぼってみた。「こんなことする必要なんかなかったのに。わたしたちはただ嵐がおさまるまで避難することができたかもしれないのに。ルドルフォは、きっとわたしたちを……」

ジョージはグラスを小さな音をたてながら置くと、部屋を突っ切ってロフトの階段を一段飛ばして昇って行った。

「ほら」と言ってパジャマの上下を投げてよこした。「それからこれも」つづいてタオル地のバスローブが落ちて来た。引き出しを開けたり閉めたりする音がした。「これもだ」次は、タオル。彼は手を手すりに置いて、彼女を見下ろす。「バスルームですべて脱いで拭いて、着替えるんだな」

セリーナは投げ落とされたものを取りに行った。バスルームのドアを開けると、ロフトの階段の手すりから濡れたシャツが滑り落ちて来、続いてずぶ濡れのデニムのズボンも落ちて来た。セリーナは素早くバスルームに滑り込むと、中からロックした。

彼女が水気を拭きとって、大きすぎる服を身に着け、乾いたタオルで髪をくるんで再び現れると、あたりの様子が全く変わっていた。

暖炉は、また明るく燃え立ち、三、四本の火のともったキャンドルが古いワインボトルに立てられていた。トランジスターラジオからは、フラメンコの曲が流れ、ジョージ・ダイヤーは身ぎれいに着替えをすませていただけではなく、髭も剃っていた。彼はハイネックのセーターと、青いサージのズボンを身に着け、赤い革のスリッパをはいていた。暖炉の炉端に背を向けて座り、英字新聞を読み、祖国の英国紳士のようにくつろいで見えた。

セリーナが来ると、チラッと見上げた。

「よし、来たね」

「濡れた服をどうしましょう？」

「バスルームの床に放っておいてくれ。朝になったらファニタがやっておいてくれるだろう」

「ファニタって、どなた？」

「うちのお手伝いさんだよ。マリアと姉妹でね。マリアはわかるかい？　村で食料品店を営んでいるんだ」

「トメウのお母さん？」

「そうか、君はもうトメウに会っていたんだね」

「トメウが今日、わたしたちをここに連れて来てくれたのよ、自転車に乗って道を教えてくれたの」

「トメウが食料品店のあの大きな籠にチキンを入れて持ってきてくれたよ、今、オーブンの中に入っている。来て、火のそばに座って温まるといい。君に飲み物をついでやるから」

「飲み物はいらないわ」

「君はアルコールはやらないのか？」

「おばあ様が決して許してくれなかったの」

「君のおばあ様は、こう言うのもなんだが、ごうつくばばあっていう感じだね」

　セリーナも思わず微笑んだ。「本当はそんなことないのよ」

　ジョージは彼女が微笑んだことにびっくりしていた。まだその笑みを見つめながら言った。

「ロンドンのどのあたりに住んでいるんだい？」

「クインズ・ゲートよ」

「クインズ・ゲート、ＳＷ７か、とてもいいところだね。きっと君の乳母は君をケンジントン・ガーデンに散歩に連れて行ったことだろうね？」

「ええ」

「きょうだいはいるの？」

「いいえ」

「おじさんおばさんは？」

「いいえ、誰も」

「君が父親にそんなに執着しているのも、無理ないね」

「わたしはそんなに執着しているわけではなかったの。たった一人でよかったのよ」

ジョージはグラスをゆらして傾いた琥珀色の液体を見つめ、言った。

「ほら、ふと思ったんだけど、君が居る、と思っていた人たちは、生きているんだよ。誰かお節介な愚か者が現れて、彼らは死んだのだって、言わないかぎりはさ」

「わたしは、もう何年も前に父が亡くなったって、聞かされたわ」とセリーナが言った。

「ああ、だが今日またそれを聞かされた。そして今日、彼を殺したのは俺ってわけだ」

「それはあなたのせいじゃないわ」

「それでも、すまなかった」と言って彼は優しく付け加えた。「さあ飲んでごらん、温まるから」

セリーナが首を振ったので、ジョージはそのままにしておいたが、それでも何かしら居心地が悪かった。彼はフランシスと飲むのに馴れていた。フランシスなら自分の飲み物は自分で運んできたし、夜更けになると記憶が少しおぼろげになったが、ことがあれば喧嘩をする気構えは持っていたし、翌朝は、十本目の煙草に延びる手が多少震えていることさえ、大目に見れば、頭はすっきりと冴え、いつものようにはつらつとしているのだった。

しかしながら、この子は。ジョージは彼女を見つめた。肌は象牙のようにすべすべできめ細かく、非の打ちどころがなかった。彼が見ていると、セリーナはタオルを頭から取って、髪を乾かすためにこすり始めた。すると耳があらわになり、ジョージの心を打った。それは赤ん坊のうなじのように壊れやすいものだった。

セリーナが言う。「わたしたちこれからどうしましょう?」

「どうって?」

「お金のことや、ルドルフォへの返済、ロンドンへ帰ることについて」

「さあね、そのことについては考えないと」

「ロンドンの銀行に電報を打てれば、いくらか送ってもらえるわ」

「そうだな、それがいいな」

「長くかかるかしら?」

「三、四日だろう」

「わたし、カラ・フエルテホテルでお部屋を借りたほうが、きっといいわよね？」

「ルドルフォの奴、貸してくれるかな」

「わたし、本当に彼を責める気になれないわ、そうじゃない？　トニはしらふのときでさえ、何だか怖かったんですもの。酔っぱらってしまったのなら、本当に怖かったでしょうね」

「トニが本当に奴を怖がらせたのかどうか、怪しいものだよ」

「それじゃあ、わたしはどこに泊まればいいの？」

「ここ以外に無いだろう、マトリモニアーレで。こんな天気じゃなければ、俺が外へ、エクリプスへ行くんだがな。しかもソファーで寝るのはこれが初めてっていう訳じゃないさ」

「もしどちらかがソファーで寝るのだとしたら、わたしよ」

「どっちでも好きにするといいさ。俺はかまわないよ。カサ・バルコがもっと便利なつくりになっていれば良かったんだが、これが精いっぱいでね。娘が泊まりに来るなんて、思ってもみなかったからね」

「でも、わたしはあなたの娘じゃないわ」

「じゃあ、君をジョージ・ダイヤー・ジュニアって呼ぼうか」

第七章

六年前、ジョージ・ダイヤーが初めてカラ・フエルテに来て暮らし始めたとき、フアニタは、彼の家の玄関で自己紹介し、堂々と、彼のために働きたいと申し出たのだった。彼女はサン・エスタバンの農夫の奥さんで、四人の子供を村の学校に通わせ、貧しい暮らしから逃れられずにいた。お金のために仕事が欲しかったのだが、彼女のまっすぐで、誇り高い姿勢からはそんなことはまったくうかがえなかった。小柄で、ずんぐりとして、働き者のがっしりとした農婦で、瞳は黒く、足は短かった。歯を磨いたことがない、ということさえ大目に見れば、笑顔はとびきりチャーミングだった。

毎朝、四時半に起き、自分の家でいつもの家事をこなし、家族に食事を食べさせて送り出し、サン・エスタバンから歩きで丘を下ってカラ・フエルテまでやって来て、七時半には、カサ・バルコに姿を見せるのだった。ジョージのために、掃除や料理、洗濯や、アイロンがけをこなし、ネコの毛並みを整え、庭の草むしりをし、必要とあらば、小型ボートに乗ってエクリプスまで行き、デッキをごしごし洗うこともいとわなかった。

「カラ・フエルテの祝祭」が出版されたとき、ジョージは、『ジョージ・ダイヤーより、愛と尊敬を込めて』と余白のところにフアニタへ贈る言葉を書いて、その本を進呈したのだった。そしてその本はおそらく祖母から譲られ、彼女自身が刺繍を施し、革のように重たいリネンシーツのかかった、夫婦用のダブルベッド以来、最もかけがえのない財産であったろう。彼女は英語を話さなかったし、どんな言語も読むこともできなかったが、その本を家に飾り、置物のようにレースのナプキンの上に載せていたのだ。彼女は決してジョージの家に勝手に入らなかった。彼女の礼儀作法によれば、それは、エチケットに反するのであった。家に入る代わりに、外の塀の上に座り、手を膝の上に置き、王族の一員のように足首を交差させて、彼が来てドアを開け、入れてくれるのを待っていた。彼は「おはよう《ブエノス・ディアス》、フアニタ」と言い、二人はお天気について丁寧に言葉を交わし、フアニタはジョージによく眠れたか訊くのであった。ジョージは、何故いつもそんな事を訊くのだろうと思い、問い返すことはしなかった。おそらくそれは、ジョージには妻がいないことと関係していた。

　嵐の翌朝、彼は七時に起きた。結局はソファーで眠った。というのも、自分が快適なベッドで寝るのは気が引けたからだ。とても静かだった。風はおさまっていた。ジョージが起き上がって雨戸を開けて、テラスに出ると、その朝は清らかで、真珠のように静かだった。空には雲一つなく、あたりは雨のあとの湿った甘い香りがしていた。だが、港の水は荒れ狂った天気のあとで薄暗く、たいそうな量の嵐の爪痕を片づけなくてはならなかった。まず手始めに風でめちゃくちゃに吹き倒されたテラスのテーブルや椅子を元に戻し、テーブルの上にたまった水を傾けて流し、部屋へ戻って煙草に火を点けると、紅茶を入れようと思いついた。やかんには水が入っていなかったが、井戸に釣瓶を落として、寝ているセリーナを起こしてしまう気にはなれなかった。

彼は服を探したが、昨晩着たセーターとズボンでは、日中の仕事には向かなかったので、自分でロフトへのぼり、別の服を取りに行った。セリーナはジョージのパジャマにくるまって、広いベッドで子供のようにまだ眠っていた。ジョージはそっと動いて、最初に手に触れたシャツとズボンを取ると、ゆっくりと再びはしごを降りて行った。シャワーを浴びて（嵐のあとで、水は氷のように冷たかった）着替え、ファニタのためにドアを開けに行った。彼女はまだ来ていなかったが、ドアを開けておけば、入って朝食を作ってくれるだろう。ジョージは再びテラスへ戻って行き、着水台まで階段を降りると、小型ボートを出してエクリプスへと漕ぎ出した。

船はいつものように落ち着いて見え、どうやら無事に嵐を乗り切ったようだった。ジョージは錨のロープを確かめてから乗り移った。操縦席の上にはかなり念入りに防水シートを固定しておいたので、水がたまってシートがたわんではいたが、操縦席自体はさほど濡れてはいなかった。ぴんと張った一組の帆綱をゆるめると、デッキの下へ行き、前のハッチから雨露が漏れていないか確かめた。ホッとして操縦席へ戻ると、天窓の上に腰かけ、煙草に火を点けた。

とてもあたたかな日になりそうだった。すでにデッキや、干しておいた防水シートから蒸気が立ちのぼっていた。空気が澄んでいたので、陸地のサン・エスタバン教会の十字架を超えて、遥か遠くの内陸部まで見渡せたし、とても静かだったので、漁師が船で忙しく働きながら、低い声で同僚に話している声のすべてが聞こえてきた。水面《みなも》がかすかに波打っていた。小型ボートのへさきが、これに逆らってぴちゃぴちゃと音をたて、船はまるで呼吸しているかのように僅かに動いていた。

馴染みの光景を目にし、聞きなれた音を耳にし、よく知った匂いを嗅ぐと、ジョージは慰められ、緊張がとけるのを感じた。気分は落ち着き、今日これからのことと、自分を悩ませている問題について、整理して考えることができた。

まずはルドルフォだった。ジョージはひどい口喧嘩を気にしてはいなかった。あれが初めてという訳でもなかったし、最後になるということもないだろう。だがルドルフォは金持ちの男ではなかった。なんとかしてすぐに六百ペセタ返さなくてはならない。ジョージは自分の金がバルセロナの銀行から送られてくるのを待つ、という危険を冒すわけにはいかなかった。このような遅滞は以前にもあったし、一度などは、なんとかやり過ごすのに一か月近く待たされたこともあったのだ。一方、もしセリーナの銀行に電報を打てば、金はサン・アントニオに三、四日で届く可能性があった。ルドルフォがこれを知ったら、喜んでセリーナを自分のホテルへ泊めるだろうし、結婚もしていない男女が同じ部屋に寝泊まりしてはならない、という村の規律は守られ、カラ・フエルテの誰の感情も害すること無く、傷つけることもないだろう。

一方ではフランシスがいた。フランシスならジョージが頼もうと思えば、六百ペセタと、セリーナの帰りの航空運賃を貸してくれるだろう。しかしながら、フランシスと金の話をし、彼女に借りを作るということは、ルドルフォのためでも、お父さんを探しに来た娘のためでもなく、彼自身の犠牲を払って、フランシスの思うつぼになるかもしれないという、自分の身銭を切って返さなければならないのだった。

カサ・バルコで人が動いたのが目に入り、顔を上げると、フアニタがテラスへ出て、赤と白のブランケットをソファーから取って洗濯ロープに干しているところだった。彼女はピンクのドレスに茶色のエプロンを身に着けていた。部屋に戻り、ほうきを持って再び現れると昨夜壊れた植木鉢の破片を片し始めた。

ジョージは、彼のベッドで寝ているセリーナのことをどう説明しようかと迷った。普段からこのような状況に陥らないようにとても気を付けていたし、フアニタの場合、どのような反応を示すか想像がつかなかった。フアニタをあざむきたくはなかったが、かといって、どうあろうとも失いたくはなかった。フアニタに本当のことを言うこともできるだろうが、あまりにありそうもないことなので、単純なフアニタがそれを信じるだろうかとジョージは思った。あるいは、セリーナは訪ねて来た従妹で、嵐のためここに泊まったのだ、と言うこともできる。色々考えた末、セリーナは従妹であると言うことに決めた。多かれ少なかれ、事実であるかもしれない、という強みもあった。

ジョージは煙草を船べりから海へ投げると、小型ボートに乗り移り、ゆっくりとカサ・バルコへ漕いで戻って行った。

フアニタは、調理室で、彼のためにコーヒーのお湯を沸かしていた。

「おはよう《ブエノス・ディアス》ファニタ」

彼女は笑顔で振り返った。

「おはようございます《ブエノス・ディアス》旦那様《セニョール》」

彼はすぐにきりだそうと思った。

「井戸から水を汲むとき、あの子《セニョリータ》を起こさなかった？」

「いいえ旦那様、まだ赤ちゃんのように眠っています」

ジョージは、チラッとファニタを見た。その声には情感がこもっており、瞳は感傷的に光っていた。こんなことはジョージも予想だにしていなかった。従妹が訪ねてきたという話をする間さえなかったというのに、ファニタの目はもう潤んでいる……なぜだろう？

「もう上に行って……あの子を見たんだね……？」

「はい、旦那様。お目覚めかどうか見に行きました。でも旦那様」その声は優しく非難するように低くなった。「なんで今まで娘さんがいるってことを教えてくれなかったんですか？」

ジョージは背中でソファーの肘掛をさがし、そこに腰かけた。

「言ってなかったっけ？」ろくに考えもせずに口走った。

「ええ、娘さんのことは一言も言っていませんでした。今朝カラ・フエルテを通ったときに、旦那様《セニョール》の娘が、カサ・バルコに泊まっているって聞かされてまさかと思いました。でも本当でした」

ジョージはつばをごくりと飲み込み、無理に冷静をよそおった。「マリアから聞いたんだね。マリアは誰から聞いたんだろう？」

「トメウから聞いたんです」

「トメウ？」

「はい《シー》、旦那様《セニョール》。彼女をここに連れて来たタクシーの運転手がいました。その人がルドルフォのバーに何時間もいて、そこで働いているロシータに、ダイヤー氏の娘をカサ・バルコに連れて行った、って話したんです。ロシータは粉石けんを買いに行ったときに、トメウに話して、トメウがマリアに話して、マリアがわたしに話したっていうわけです」

「そして村じゅうに広まったに違いない」ジョージは英語でつぶやき、ひそかにセリーナを呪った。

「旦那様《セニョール》？」

「何でもないんだ、フアニタ」

「娘さんが来たことが嬉しくないんですか？」

「もちろん、嬉しいさ」

「旦那様《セニョール》が結婚していたなんて知りませんでしたよ」

ジョージは一瞬考えてから言った。「あれの母親は亡くなっているんだ」

フアニタは衝撃を受けた。「旦那様《セニョール》、知りませんでした。それじゃあ、誰が娘さん《セニョリータ》の面倒を見ているんですか？」

「彼女の祖母だよ」と言ってジョージは、いつ本当のことを言ったらいいのか途方に暮れた。「フアニタ、なあ……ルドルフォは知っているのかい？　その……あの子《セニョリータ》が俺の娘だって？」

「ルドルフォは見かけませんでした、旦那様《セニョール》」

　やかんのお湯が沸き、フアニタは以前ジョージから教えられたように、陶製のポットにコーヒーを淹れた。いい香りがたったが、何も彼を慰めてはくれなかった。フアニタはコーヒーポットにふたをして言った。「旦那様《セニョール》、彼女はとても綺麗です」

「綺麗？」ジョージはいかにも驚いたようだった。というのも、本当にびっくりしたのだから。

「ええ、もちろん綺麗ですとも」フアニタは朝食のトレイを持って、彼のそばを通り過ぎると、テラスへ運んだ。「旦那様《セニョール》、わたしに取り繕わなくたっていいです」

　ジョージは朝食を食べた。オレンジと甘いエンサイマーダ（訳注1）と、ポットに淹れたたっぷりのコーヒーを。家の中で、フアニタが動いていた。穏やかな足取りと、掃除をしている物柔らかな音がした。間もなくして、彼女が、衣類のいっぱい入った丸い洗濯籠を抱えて現れた。

　彼は言った。「彼女《セニョリータ》は、昨日の晩、嵐でビショビショになったんで、濡れた服をバスルームの床に置いておくように俺が言ったんだ」

「ええ、旦那様《セニョール》、気が付きましたよ」

「できるだけ早く洗ってやってくれフアニタ。彼女は他に着るものが無いんだ」

「わかりました、旦那様《セニョール》」

ファニタは彼の横を通り過ぎ、洗濯室の地下への階段を降りて行った。そこでシーツや靴下、シャツを、大きなたらいの中に沸かしたお湯を入れて、煉瓦のように大きくて硬い棒石鹸で、なにもかもいっしょくたにしてごしごし洗ったのであった。

最初になすべきは、ルドルフォに会いに行くことだった。ジョージは家を出るとき、ロフトを見上げたが、何の動きもなく、音もしなかった。彼はひそかにこの訪問者を呪ったが、寝かしたままにして、外へ出ると、わざわざガレージの扉を開けて車を出したくもなかったので、村までの道を歩き始めた。

彼はこれを後悔することになった。というのも、カラ・フエルテホテルまでたどり着くのに、七人以上の人々から、娘が訪ねて来て、滞在していることについて、お祝いを言われたのだからだ。会うたびごとにそれが起こるので、ジョージは何かきわめて急ぎの用事があるかのように、少し速く歩き、この新たな嬉しい出来事について足を止めて、話し合いたいのはやまやまだが、時間がないだけなのだ、という印象を与えようとした。したがってルドルフォのバーに着いた時には、息を切らして汗でびしょ濡れになり、まるで罠にかかったような心地だった。カーテンのかかった戸口に立ち、ハアハアと息を切らしながら言った。「ルドルフォ、入ってもいいか？」

ルドルフォはカウンターのなかで、グラスを磨いていた。ジョージを見ると、手を止めた。

徐々に笑顔が広がった。「ジョージ、わが友よ」彼はグラスを置き、カウンターのなかから出てきて抱きしめようとした。

ジョージは注意深く見つめた。「俺を殴らないのか？」

「お前が俺を殴るべきだよ。だけど知らなかったさ。今朝初めてロシータから、お前の娘だって聞いたんだ。なんでゆうべ言わなかったんだい？　彼女《セニョリータ》が、お前の子だって。お前に子供がいるってことさえ知らなかったさ。しかもあんな綺麗な……」

「ルドルフォ、誤解があるんだ……」

「俺こそが誤解していたんだ。古くからの友達とその子を手助けするのを惜しむなんて、何ていう奴だと思っただろう？」

「そうじゃなくて……」

ルドルフォは手を上げた。「つべこべ言うな。六百ペセタはいい」そう言うと肩をすくめた。「金の生る木があるわけじゃないが、俺は破産したりしないいさ」

「ルドルフォ……」

「なあ、まだ許してくれないのか？　来い、一緒にコニャックを飲もうぜ……」

とても無理だった。ルドルフォは本当のことを聞こうとはしないし、ジョージも無理にわからせようという気になれなかった。力なく言った。「俺はコーヒーの方がいいな」ルドルフォは大きな声でコーヒーを用意するように言いに行き、ジョージはバーのスツールの一つによじ登り、煙草に火を点けた。ルドルフォが戻って来ると、言った。「金は返すさ。ロンドンに電報を打つよ……」

「サン・アントニオまで行かなくちゃならないぞ。電報を打つなら」

「ああ、わかっている。金が届くまで、何日かかると思う？」

ルドルフォは大きく肩をすくめた。「二、三日か、一週間かかるかもな。大したことじゃないさ。六百ペセタ、俺は一週間は待てるぜ」

「お前はいい奴だ、ルドルフォ」

「いや、俺はすぐかっとなる。わかるだろう、かっとなりやすいんだ」

「でもいい奴さ」

コーヒーが来た、知らないうちにトラブルの出どころとなったロシータが運んできたのだ。ジョージは彼女が非常に小さいデミタスカップを置くのを見つめながら、さらに深い嘘の中に身を置いてしまったことを認めざるを得なかった。気持ちが滅入ったが、ルドルフォに更なる手助けを頼まなくてもいいことに気づいた。セリーナがジョージの娘であるなら、カラ・フエルテホテルに泊まる必要は無いのだから。

セリーナを起こしたのは、パールだった。パールは一晩中外で、獲物を追いかけるのに疲れ、眠りにつく心地良い場所を探していたのだ。カサ・バルコへは、テラスを通って入ってきて、ロフトへの階段を軽やかにのぼり、ほとんど音も立てずにベッドに飛び乗ったのだ。セリーナが目を開けると、白くて髯の生えたパールの顔がそこにあった。その眼は翡翠色、黒い瞳孔は満足感から細められていた。シーツの上を少し踏むと、くぼみを作り、そのふかふかの柔らかな毛でおおわれた体を、セリーナの体にぴったりと付けて、眠り始めた。

セリーナは寝返りを打ち、同じように眠った。

二回目には、セリーナはもっと荒っぽく起こされた。「おい、さあ、起きる時間だ。十一時だぞ、さあ、起きるんだ」彼女は揺さぶられ、目を開けると、ジョージ・ダイヤーがベッドのふちに座っていた。「起きる時間だ」再び言った。

「んん……？」ネコはまだ一緒で、心地よい重さで温かかった。ジョージにいったん焦点が合うと、ぼんやりと大きく見えて来た。彼は青いコットンのシャツを着て厳しい表情をしており、セリーナの心は沈んだ。朝はいい始まりかたではなかった。

「もう起きる時間だ」

「今、何時？」

「言ったよな、もうじき十一時になる。話すことがあるんだ」

「まあ」彼女は身を起こし、枕を探したが、見当たらなかった。ジョージが身をかがめて床に落ちていた枕を拾い上げ、彼女の背中に押し入れた。「まあ、聞いてくれ」彼は言った。「ルドルフォに会いに行ったんだ……」

「まだ怒っていた？」

「いや、もう怒っていなかったさ。いいか、ルドルフォと、いやもっと言うと村の皆が、君が本当に俺の娘だと思っているんだ。なんでそうなったのかわかるだろう？　君を連れて来たタクシーの運転手が、あのいまいましい奴が皆にそう話したのさ」

「えっ」セリーナは言った。

「そうさ、ってことは、君がタクシーの運転手に俺が君の父親だって話したのか？」

「ええ」彼女は認めた。

「冗談じゃないよ、一体全体どうして？」

「彼に何とかここに連れてきてもらわなくてはならなかったの。父がタクシーの料金を払いますって言ったの。そうするしか彼を説得する方法がなかったんですもの」

「何て事をしてくれたんだ、罪のない人を巻き込んで……」

「あなたのこと？」

「おお、俺は今となっては、首まで深く浸かり込んでいるよ」

「彼が村じゅうの人に言うなんて、思ってもみなかったの」

「彼が話したんじゃない。彼はルドルフォの店で働いているロシータという娘に話したんだ。そしてロシータがトメウに話して、トメウが母親に話したんだ。そしてそのマリアは、この島の誰もが知る情報の中継放送局さ」

「そういうことなのね」とセリーナが言った。「ごめんなさい。でも皆に本当のことを言うことはできないの？」

「今はできない」

「何故今はできないの？」

「どうしてって、ここの人たちは……」彼は注意深く言葉を選んだ。「とてもモラルに厳しいんだ」

「それなら、何故ゆうべはわたしを泊めたの？」

ジョージは憤慨した。「嵐だったからさ、ルドルフォとは大喧嘩して、他に手は無かったからさ」

「それであなたは、わたしが自分の娘だって言ってきたのね」

「俺は、君が自分の娘じゃない、とは言わなかっただけさ」

「だけどあなたは若すぎるわ。ゆうべわたしたちは年を数えたじゃない」

「誰もそのことは知らないいさ」

「でも、本当のことじゃないわ」

「君がタクシーの運転手に言ったときは、本当のことじゃなかった」

「ええ、でもわたしはそのとき、本当のことじゃないって知らなかった」

「それじゃあ俺が悪いのか。そういう意味かい？　もし君の信念に反するのなら謝るよ、だけどここの人たちは皆俺の友達なんだ。彼らを失望させたくはないんだ。俺のことをいろいろ誤解しているわけでもないが、少なくとも俺を嘘つきだとは思っていないんだ」

　セリーナはまだ困ったような顔をしていたが、ジョージは話題を変えた。「さて、金の事だが。君は自分の銀行に電報が打てるって言っていたね……」

「ええ」

「ただ、カラ・フエルテからは打てないんだ。サン・アントニオまで電報を打ちに行かなくちゃならないんだ。君の銀行に直接電報を打つんじゃなくて、帰り道に思いついたんだが、君の弁護士に連絡を取ってみるっていうのはどうかな……」

「いいえ、だめよ」とセリーナが言い、その激しさにジョージは驚いて眉を上げた。

「何故だめなんだい？」

「銀行にとにかく電報を打ちましょうよ」

「だけど君の弁護士の方がよっぽど早く金を送ってくれるだろう」

「わたしはロドニーに電報を打ちたくないの」

「嫌いなのか？」

「そういうことじゃなくて。ただ……そうね、彼はわたしが父を探しに行く、っていうこと自体が正気の沙汰じゃないって思っていたの」

「こうなってみたら、彼の言ったことはあながち的外れではなかったがね」

「彼にこんな大失態になってしまったことを知られたくはないの、どうかわかってちょうだい」

「そうだな、よし、わかった。ただ、その方が金がすぐに届くならと思ってさ……」セリーナはかたくなに表情を変えなかった。ジョージは彼女を説得するのを不意にあきらめた。「構わないさ、君の金と時間だ。それに君自身の評判だ」

セリーナはこれについては何も言わなかった。「今日、サン・アントニオへ行くの？」

「君が起きて着替えたらな。腹は減っているかい？」

「別に」

「コーヒーを一杯飲むか？」

「もしあれば」

「俺が淹れてやるよ」

セリーナが呼び止めたとき、彼ははしごを半分降りていた。

「ダイヤーさん」

彼は振り返り、上半身だけ見えた。

セリーナが言った。「わたし、着るものが無いわ」

「ファニタに言ってくる」

ファニタはテラスにいた。開いた窓からコードを引きずってアイロンがけをしていた。

「ファニタ」

「はい、旦那様《セニョール》」

「彼女《セニョリータ》の服は？　もうできている？」

「はい、旦那様《セニョール》」彼女は自分でもその手際の良さに満足したように笑い、きれいに折りたたんだ服の山を渡した。彼はお礼を言い、家の中へ入り、ロフトから降りて来たセリーナのところへ行った。セリーナはまだジョージのパジャマを着たままで、髪は乱れ、眠そうだった。ジョージは「さあこれだ」と言って服の山を手渡した。

「まあ、何て素敵なの！」

「当ホテルのサービスのほんの一環さ」

「こんなに早く……信じられないわ……」言葉が止まった。ジョージは眉をひそめた。服の山の一番上から、セリーナは自分のドレスを取った。ドレスというよりはその残骸だった。ファアニタは上等なイギリス製のウールを、他の洗濯物と一緒に扱ってしまったのだ。お湯の中で硬い石鹸を使ってごしごし洗ってしまったのだった。セリーナはそれを自分の腕に押し当てて広げてみた。おそらくは、とても小さな六歳の女の子にピッタリであろう大きさになってしまっており、襟の内側にある絹のフォートナム＆メイソンのタグが、わずかにそれとわかるだけだった。

長い沈黙があった。ジョージが「小さな茶色のドレスだ」と言った。

「彼女はこれを洗ったのね！　何故洗ったりなんかしたのかしら？　そんな必要なんて無かったのに、これはただ濡れただけで……」

「もし誰かに落ち度があるとしたら、それは俺だ。俺がファニタに洗ってくれるように言ったんだ。もし、やり方を教えてやっていれば、その通りにしただろうからな」ジョージは笑いだした。

「よく笑っていられるわね。あなたにとってはおかしいかもしれないけれど、わたしは何を着たらいいの?」

「笑うしかないだろう?」

「わたしなら泣くわ」

「泣いても何にもならないよ」

「一日中パジャマを着てはいられないわ」

「何故さ、とってもかわいいのに」

「サン・アントニオに、パジャマ姿じゃ行けないわ」

まだとっても愉快だったが、ジョージは分別を持つように努め、頭の後ろを掻いた。「君のコートはどうだ?」

「コートなんか着たら暑さで死んでしまうわ。なんてことでしょう、何故こんなにぞっとするようなひどいことばかり起きてしまうのかしら」

ジョージはなだめにかかった。「まあ、考えてもごらんよ……」

「いいえ、考えたくないわ」

何を言っても無駄だった。女性特有の自己中心的で、何も見えなくなっているセリーナに、ジョージの忍耐力も限界に達した。

「わかったよ、それじゃあ考えなくていいさ。ベッドに身を投げて一日中泣いていればいいさ。ただその前に、君の銀行に打つ電報を作るのを手伝いに来てくれ。それを持って俺一人でサン・アントニオまで行ってくる。君はここにいてむくれていろ」

「なんてぞっとするようなずるいことを言うの……」

「わかったよ、ジュニア、ぞっとするようなことさ。おそらくは俺がぞっとするような奴だから、そんなことを言うのさ。このタイミングでそれがわかって良かったな。さあ来て座って、その単細胞な頭を働かせてこの電報を書いちゃってくれ」

「わたしは単細胞なんかじゃないわ」セリーナは自分を擁護した。「それに、もしわたしが単細胞だったとしても、あなたはそれがわかるほど、長く一緒にはいないでしょ。わたしが言っているのは、下着姿で一日中そこらを歩けないっていうことよ……」

「まあ考えてみろよ、ここはカラ・フエルテで、サン・アントニオであって、クインズ・ゲートSW7じゃないってことさ。俺としては君があたりを素っ裸で歩こうが構わないが、できるだけ早く金を手に入れて、君を封を切らないうちにケンジントン・ガーデンに、乳母のもとに返したいだけさ」彼は机に身を乗り出して、きれいな紙と鉛筆を見つけた。それから顔を上げ、何を考えているのかよくわからない茶色い目で、言った。「君がもし、もっと年がいって、経験豊富な女だったら、今、俺の顔をひっぱたいていたところだぞ」

セリーナは怒りのせいか、はたまたほかの理由で、泣こうか自問したが、自分にそれを許す気になれなかった。彼女はただ震える声でかすかに「そんなこと思ってもみなかったわ」と言った。

「いいさ、そんなことしなくたって」彼は机につくと、紙を引き寄せた。「さあ、君の銀行の名前は……」

訳注1　エンサイマーダ　スペインのバレアレス諸島発祥の、渦巻き状のペストリー

第八章

先ほどまで涼しい木陰のある静かなカラ・フエルテにいたので、その午後のサン・アントニオは暑く、埃だらけで、ひどく混雑しているように思われた。通りの交通量は大変なものだった。クラクションを鳴らす車、バイク、木の貨車をひくロバに自転車。狭い歩道は歩行者でごった返し、向こう見ずな人々が車道まで溢れ、ジョージは、ほとんどずっと手をひっきりなしに、クラクションの上に置いていないと、少しも前へ進めないと思った。

電報局と、これから行こうとする銀行は両方とも街のメイン広場にあり、並木道と噴水を挟んで、向かい合って建っていた。ジョージは車を日陰に駐車し、煙草に火を点けると、まず初めに銀行へ、ひょっとして自分の金がバルセロナから届いていないかどうか確かめに向かった。もし届いていたら、金を一切合財下ろして、セリーナの書いた電報を破り、すぐに空港へ行って彼女のロンドンへの帰りのチケットを買ってやろうと思っていたのだ。

しかし、金はまだ届いていなかった。窓口の男は、もしおそらくは四時間か五時間、座って待っていてくれれば、自分がバルセロナの銀行に根気強く連絡を取り、どうなっているのか聞いてみましょう、と親切にも提案した。ジョージは、非常に興味深く感じ尋ねた。一体全体なぜ、たかだか電話が壊れていて、まだ直らない、という答えを聞くために、四時間も五時間も待たなくてはならないのか、と。

この島に暮らして六年になるが、いまだに時間に対する田舎特有のこの感覚に、腹立たしさと、おかしさのギャップを感じるのであった。だが彼は、構わない、金がなくても大丈夫だ、と言って、銀行を後にし、広場を横切ると、電報局の高くそびえる大理石のホールにある壮麗な階段を昇って行った。

彼は電信文を記入用紙に書き写すと、ゆっくりと進む人の列に並んだ。ついに防犯用の鉄格子をはめた窓口に着き、彼の番が来た時には、我慢の限界に達していた。窓口の男は、ツヤのある茶色い髪をして、鼻にはいぼがあり、英語を全く話さなかった。メッセージを読み、単語数を数え、ずいぶんと時間をかけてマニュアルを調べた。ついに彼は申込み用紙にスタンプを押すと、ジョージに九五ペセタかかります、と言った。

ジョージは、金を払った。「いつ、ロンドンに届きますか？」

男は時計を見た。「おそらく……今夜」

「すぐに送らないのか？」

鼻にいぼのある男は、答えなかった。彼は、ジョージの肩の向こうを見やった。「次の方、どうぞ」

やるべきことは全てやった。彼は外に出ると再び煙草に火を点け、次に何をしようか考えた。結局彼はヨットクラブへ行って、郵便を取って来ることに決めたが、車で行くほどのことでもないと思った。彼は歩き始めた。

人ごみに入ると窮屈で閉所恐怖症になりそうな気がした。ジョージは通りの真ん中を歩き、時折車の往来が傍をかすめるたびに、脇にそれた。頭上の小さなバルコニーでは、人情味にあふれていた。非常に年とった黒い服のおばあさんが、刺繍を手にして座り、春の日差しを楽しんでいた。フェンスの錬鉄の隙間からは、子供たちが葡萄のような瞳でじっと見つめていたし、洗濯物は祝典の万国旗のように、通りをまたいで、ジグザグに干され、全てサン・アントニオの匂いに包まれていた。排水路と魚、ヒマラヤスギと申し分のない煙草の香り、海からただよってくる何とは言えない港の匂いに覆われていた。

ジョージは、小さな交差点へやって来ると、歩道の端に立ち止まり、往来がはけて渡れるようになるのを待っていた。手足の不自由な者が、小さな露店で宝くじを売っていたし、区画の角には店があり、ショーウィンドウには、刺繍が施されたブラウスや綿のドレス、ビーチハットやサンダル、水着などが飾られていた。

ジョージは、セリーナのことを思い、独り言を言った。早くセリーナをロンドン行きの飛行機に載せて、帰してしまいたいが、着るものがなくては帰れないな。服でも買ってやるか、と。しかし、店の入り口を抜けると、別のもっとはるかに面白い考えが浮かんだ。

「いらっしゃいませ《ブエノス・ディアス》、旦那様《セニョール》」。小さなガラスのカウンターの後ろから、赤い髪の女性が声をかけた。

「ごめんください《ブエノス・ディアス》」ジョージは言うと、真顔で何が欲しいかを告げた。

五分後、彼は、ピンクと白のストライプのペーパーで丁寧にラッピングされた小さな包みを下げて、再び人の溢れる通りに戻っていた。ジョージはまだニマニマしていたが、そのとき、背後から車のクラクションが聞こえた。ジョージは罵り、一歩端へ寄ったが、シトローエン（訳注1）の黒く長い鼻先が、彼のズボンの尻の部分に軽く触れ、停まった。

「まあ」その声は聞き間違いようもなかった。「なんてことでしょう、誰がまた街に舞い込んで来たのかしら」

フランシスだった。彼女はオープンカーに乗り、驚きながらも嬉しそうにしていた。彼女はサングラスをかけ、男物の麦わら帽子を鼻先まで斜めにかぶり、色あせたピンクのシャツを着ていた。身を乗り出して車のドアを開けると言った。「お乗りなさいよ、どこへでも連れて行ってあげるわよ」

ジョージが彼女の隣に乗り込むと、革張りのシートは焙られるのではないかと思うほど熱かったが、まだドアを閉めないうちに、フランシスは再び車を走らせ、ゆっくりと人混みの中を進めていった。

彼女は「こんなにすぐにあなたが戻って来るなんて、思ってもみなかったわ」と言った。

「俺もここに来るつもりじゃなかったんだ」

「いつから来ていたの？」

「三〇分くらい前かな。電報を打たなくちゃならなかったんだ」

フランシスはこれには何も言わなかった。前方にも歩行者の集団がいた。太った女性たちが、綿のドレスに白のカーディガンを羽織り、痛々しいほどに日焼けした顔をして、真新しい麦わら帽子をかぶっていた。フランシスのクラクションが再び鳴り響いた。彼女たちは買ったばかりのポストカードから目を上げると、驚いたように憤ることなく込み合った歩道へと戻って行った。

「一体全体、みんなどこから来たんだ？」ジョージは知りたかった。

「このシーズン初のクルーザーが来たのよ」

「なんてこった。もうそんな時期か」

フランシスは肩をすくめた。「うまくやらなくちゃね。なんといっても彼らは街にお金を落としていくんだから」フランシスは彼の膝の上の小さな包みをチラッと見やった。「テレーザの店で何を買ったの？」

「どうしてこれがテレーザの店だってわかるんだい？」

「ピンクと白のストライプの包み紙よ。興味があるわ」

ジョージは一瞬考えてから、言った。「ハンカチだよ」

「そんなものあなたが使うなんて、知らなかったわ」二人は街の中心の通りに来ていた。不機嫌な治安警察《ガルディア・シビル》が交通を規制している。シトローエンをセカンドギアに落とし、フランシスが言った。「どこへいくつもり？」

「ヨットクラブに郵便がいくつか届いていると思うんだ」

「昨日取りに行かなかったの？」

「いや、だけどまたいくつか来ているだろう」

　彼女は横目でチラッとジョージを見た。「無事に家に帰れたの？」

「もちろんさ」

「船も大丈夫だった？」

「まあね、あれは無事さ。君は昨日の夕方、二回目の嵐に合わなかったかい？」

「いいえ、それたのよ」

「それはラッキーだったね。すごいものだったよ」

　二人は交差点で信号が赤から青に変わるのを待ち、フランシスは狭い通りを曲がって、幅広の港の通りに出た。そこは、サン・アントニオの中でもジョージが一番好きな場所だった。海岸沿いの明朗な数々の小さなバーや船具屋が立ち並び、タールや穀物やパラフィンの匂いが漂っていた。港は船でうめ尽されていた。島のスクーナー、遊覧船、バルセロナの船は、出帆の準備を整え、ブレーメンから来たクルーザーは北の埠頭につながれていた。

　見たことのない、昨日まではいなかった船の姿が見えた。「オランダの旗を揚げているね」

「ヴァン・トリッカーという若者が世界一周をしているのね」フランシスは、こういうことを見つけ出すのが得意だった。

「地中海を通るのかな」

「もちろんよ、そのためにスエズ運河があるんじゃない」

　ジョージはニヤリとした。フランシスは身を乗り出し、ダッシュボートの棚から煙草の箱を取ると、彼に手渡した。ジョージは箱を受け取ると、一本は自分に、もう一本はフランシスのために火を点けた。ヨットクラブに着くと、ジョージは郵便物を取りに中へ入って行き、フランシスは座ったまま待っていた。そしてジョージが二通の手紙をズボンの後ろポケットに突っこんで戻って来ると、「今度はどこへ行く?」と訊いた。

「何か飲みに行きたいな」

「わたしも一緒に行くわ」

「君はオーラフ・スヴェンセンの作品を、あの魅力的な旅行者たちに売りつけてきたほうがいいんじゃない?」

「若い学生がわたしを手伝ってくれているの。その子がドイツ人の相手をしてくれるわ」彼女は思い切ってハンドルを切った。「わたしは、お客よりあなたの相手をしたいわ」

　彼らは通り沿いに少し行った先の、ペドロの店に入った。テーブルや椅子をいくつか広い歩道に出しており、彼らは木陰になっているところに座り、ジョージは自分にビールとフランシスにはコニャックを注文した。

　フランシスは「ダーリン、あなた急に節約家になったのね」と言った。

「俺は単に喉が渇いているんだ」

「体にどうってことなければいいけど」

彼女はジョージが後ろポケットに突っ込んでいた手紙のあたりに手を伸ばして、それを彼の目の前のテーブルに置くと、言った。

「開けてよ」

「何故？」

「だって、知りたいのよ。手紙に何が書かれているのか。特に他人の手紙はね。わたしは育ちのいい年取ったご婦人のように品よくふけていくのはごめんなの。ほら……」フランシスはテーブルにぞんざいに置かれていたナイフを取ると、封筒の折り返しに切り口を入れた。「さあ、手紙を取り出して、読みさえすればいいのよ」

彼女の機嫌を損ねぬよう、ジョージはそれに従った。初めの手紙はヨットマガジン社からのものので、ジョージが投稿した記事に対して八ポンド一〇シリング支払いたい、というものだった。

彼はフランシスにこれを手渡し、彼女は読むと「ほら、言ったじゃない！　いいニュースでしょ」と言った。

「何もないよりはましだな」彼は二つ目の手紙を出した。

「何についての記事だったの？」

「自動操縦装置さ」

彼女は彼の背中を軽くたたいた。「さあ、いい子だから……そっちの手紙は誰からなの？」

それは、出版社からのもので、彼はすでに手紙を読みだしており、フランシスの問いかけも聞いていなかった。

スペイン　バレアレス　サン・アントニオ
クラブ・ナウティカ
ジョージ・ダイヤー殿

親愛なるダイヤー殿

この四か月の間、少なくとも五通の手紙をお送りし、「カラ・フエルテの祝祭」に続く第二作目について、せめて概要だけでもお知らせくださるように、お願いしてきました。どの手紙にもお返事を頂いておりません。手紙はどれも、サン・アントニオのクラブ・ナウティカ宛にお送りしましたが、もしかしたら、もういつものクラブではあなたの郵便を預かってもらえないのかと今、危惧しております。

「カラ・フエルテの祝祭」を出版するにあたり合意を得たときに、読者の関心を作家であるあなたに留めておくためには、続編が大事だということは、わたしが申し上げた通りです。「カラ・フエルテ」は売れ行きが良く、只今第三版に入っておりまして、ペーパーバックでの出版の商談も進行中でございますが、売り上げを落とさないためにも、あなたの第二作目がすぐに必要なのです。

残念ながら直接お会いしてこの件について話し合うことができないとしても、「カラ・フエルテの祝祭」をシリーズ物の第一巻にするという条件で、出版の合意を得たということは明確にしてあったと思いますし、あなたもそのことを理解しておられると思っております。

いずれにしても、この手紙にご返信いただけるとありがたく存じます。

敬具

アルトゥール・ルートゥラント

ジョージはそれを二回通して読むと、テーブルの上に放り出した。ウエイターが読んでいる間に飲み物を運んで来ていた。ビールはとても冷たく、背の高いグラスが霜で覆われていたので、ジョージが手を置くと、氷に触れたみたいに痛みを感じた。

フランシスが言った。「誰からなの?」

「読んでみろよ」

「あなたが読んでほしくないんなら、読みたくないわ」

「いや、読んでみろよ」

彼女は手紙を読み、ジョージはビールを飲んだ。

最後まで読むと言った。「何よこれ、最悪の手紙じゃない。何様だと思っているのかしら」

「俺の出版社さ」

「冗談じゃないわ、契約は結ばなかったんでしょう！」

「出版社は、一冊で消えていく奴は好まないのさ、フランシス。彼らは、そもそも何もしないか、継続して書いてくれる奴が欲しいのさ」

「この人以前にも手紙をよこしているの？」

「ああ、もちろんさ。この四、五か月の間ずっとな。だから俺は手紙を読まなくなったんだ」

「第二作目を書いてはみたの？」

「書いては見たかって？　死にそうなくらいやったさ。そもそも何を書けというんだ？　一作目を書いたのは、単に金がなくなりそうだったから。それに長く寒い冬だったしな。出版されるなんて思っていたわけじゃない」

「けど、あなたはあちこち旅して回っているわ、ジョージ……色々なことを経験している。エーゲ海クルーズとか……」

「俺がそれを書かなかったと思うか？　三週間もの間言葉をタイプライターにたたき続けたさ。書くのも、読むのも退屈な代物さ。それに以前にも書かれている。全て以前にもあったものだ」

フランシスは煙草を最後に吸うと、注意深く灰皿の上でもみ消した。彼女の褐色の手は男のように大きく、長い爪は、真っ赤に塗られていた。重量感のあるゴールドのブレスレットは、腕を動かすたびに、木製のテーブルにぶつかって音を立てていた。彼女は慎重に言った。「それって本当にそんなに不運なことかしら？　なんといってもあなたは本を一冊成功させているのよ、もしあなたが二作目は書けない、と言うのなら書けないのよ」

一艘の船がヨットクラブの船溜まりから出ようとしていた。水辺から連結用の金具がガラガラと音をたて、帆がマストを滑るように上って行った。帆は一瞬たるみ、舵取りの青年が船の向きをかえると、かすかに揺れて、ひだを振って広げ、滑らかに強く弧を描いて膨らんだ。船は大きく傾いて前へ走り出し、風を受けてさらに進んでいった。

「約束を違えたくはないんだよ」とジョージは言った。

「まあダーリン、まるで個人的な約束のように言うのね」

「違うのかい？」

「ええ、これは仕事上のことよ」

「君は、仕事上の約束なら、そんな風に破るのか？」

「いいえ、もちろん違うわ。だけど書くことは株を売ったり、簿記をつけたりすることとは違うのよ。書くっていうことは創造的なもので、同じルールにあてはめることはできないわ。もしもあなたが、作家のスランプに陥っているのなら、どうしようもないのよ」

「作家のスランプか」ジョージは苦々しく言った。

「そういう風に呼ぶのか」

フランシスはブレスレットをつけた重い手をジョージの腕に置いた。「なぜそのことを忘れてしまわないの？　書いてやるのよ。その、誰だったかしら……」彼女はチラッと手紙のサインを見た。「ルートゥラントに言ってやるのよ。よしわかった、もし君がそう思うんなら、続編なんかくそくらえだ、ってね」

「そんなこと、本当にできると思っているのか？　えっ？　それでどうするんだい？」

フランシスは肩をすくめた。「そうね……」その声はゆっくりとためらいがちになった。「他にも楽しいことがあるわ」

「例えば？」

「あと二週間でイースターでしょ」彼女は、さっき封筒を開けるときに使ったナイフを取ると、その尖端でテーブルの木目をなぞりだした。「わたし、イースターの日曜日にマラガの闘牛大会《コリーダ》に招待されているの。マラガにアメリカ人の友達がいてね、彼らは闘牛《コリーダ》の熱狂的なファン《アフィシオナードス》なのよ。マラガではスペインでも最高の闘牛《コリーダ》と、最高の闘牛士《トレロス》が見られるわ。そして一日中、夜通しでパーティーがあるのよ」

「旅行代理店の夢想に聞こえるよ」

「ダーリン、わたしに当たらないでよ。わたしがその手紙を書いたんじゃないのよ、読んだだけ」

「わかっている、すまない」

「一緒にマラガに行かない？」

ウエイターが行き来していた。ジョージは彼を呼び寄せ、飲み物の金を払うと、ウエイターがグラス類を下げたので、チップをやった。彼が行ってしまうと、帽子やピンクと白のストライプの包みや、二通の手紙を集めた。

フランシスが言った。「あなた、まだわたしの質問に答えていないわ」

彼は立ち上がり、椅子の背を掴んだ。

「君は俺が闘牛《コリーダ》のファン《アフィシオナードス》じゃないってこと忘れているよ。血を見たら、失神しちゃうよ」

彼女は子供のように言った。「あなたと一緒にマラガに行きたいの……」

「俺が、なにもかも台無しにしてしまうさ」

フランシスはがっかりしたところを見せまいと目をそらし、言った。「さあ、今度はどこへ行く?」

「カラ・フエルテへ戻るさ」

「まだいいじゃない」

「いや、帰らなくちゃならないんだ」

「また、ネコにエサをやらなくちゃ、なんて言わないでよ」

「ネコどころか、他にも食べさせなくちゃならないんでね」ジョージは挨拶代わりにフランシスの肩に触れた。「乗せてくれて、助かったよ」

ジョージが車でカラ・フエルテへの帰路に着く頃には、夕闇が影を落としていた。ひとたび陽の光が空から滑り落ちると、空気はひんやりとした。日が暮れるとジョージは人里離れた農家のそばで車を止め、予備に持ってきたセーターに手を伸ばした。頭をセーターの襟首から出すと、農家の奥さんが家から出てきて、井戸に水を汲みにやって来るのが見えた。開いたドアから黄色い灯りが漏れ、彼女の影が浮かび上がると、ジョージは「こんばんは《ブエノス・タルデス》」と声をかけた。奥さんは少しおしゃべりをしにやってきて、水差しを腰でささえて、彼にどこから来てどこへ行くつもりなのか訊ねた。

ジョージは喉が渇いていたので、水をもらうと再び帰路に着いた。車のヘッドライトがサファイヤ色の夕闇を探っていった。一番星がキラリと空に刺し始め、サン・エスタバンは、山の影の中にあって、光りの受け皿になっていた。ジョージがカラ・フエルテへ向かう車道の最後の直線コースに入ると、海風が、新鮮な松脂《まつやに》の香りを運んできた。

家に帰ってきたという思いは、何故かしら、いつも自然と彼の心を元気づけるのであった。いよいよ気持ちは高まり、ジョージは一日中、いかに落胆して疲れて過ごしていたかに気づいた。何一つうまくいかなかった。ルートゥランド氏からの手紙は彼の心にさらに重くのしかかり、そしていまだにミス・クイーンズ・ゲートに縛り付けられていた。ジョージは、彼女が一体どんな風に一日を過ごしたのだろうか、と思うと同時に、まあ俺には関係のないことだけど、と自分に言い聞かせてみたが、カサ・バルコへの最後の下り坂を走らせながら、彼女がまだむくれたままでなければいいな、と望まずにはいられなかった。

車をガレージに入れると、エンジンを切り、腕時計をチラッと見た。八時をまわったところだった。車から降りると、通りを渡り、カサ・バルコのドアを開けて入って行った。人の気配がしなかったが、家は確かに不慣れな手によって、整えられ、心くばりされたあとが残っていた。火は起こされ、ランプの灯りがつけられ、暖炉の横のローテーブルには、ジョージですら持っていたことを忘れていた、白とブルーのテーブルクロスが掛けられ、ナイフとフォークとグラスが置かれていた。その上、水盤に野の花まで生けられて、あたりは、おいしそうな料理の匂いで満たされていた。ジョージは、帽子を脱ぎ、縄底の靴でそっとテラスへと出てみたが、真っ暗で客人の気配はなかった。壁まで行って身を乗り出してみたが着水台は空っぽで、水面《みなも》のぴちゃぴちゃという音と、小型ボートが錨に引っ張られてきしむ音しかしなかった。すると港のカフェのうちの一つから、温かいギターのコードが聞こえて来て、この島に残るムーア風の変わった、低い音と高い音の間を揺れ動く女性の声が、さえずるように歌い出した。

彼は顔をしかめて当惑し、家の中へ戻って行った。ロフトは暗かったが、キッチンの灯りは点いており、ジョージがカウンターから身を乗り出して覗きに行ってみると、驚いたことに、セリーナがオーブンの前にしゃがみこみ、わき目もふらずにキャセロールの肉に肉汁をかけているのを見つけた。

ジョージはセリーナの頭上から「ただいま」と声をかけた。

セリーナは顔を上げた。少しもびっくりした様子はなく、彼が入って来た時からずっと気が付いていたことが分かり、ジョージは困惑した。形勢は彼女に有利に思われた。

セリーナは「おかえりなさい」と言った。

「何しているんだい？」

「夕食を作っているのよ」

「いい匂いがする」

「そうだといいんだけど、わたし、お料理があまり得意じゃないから、うまくできているかどうか」

「何を作ったんだい？」

「ステーキと玉ねぎにとうがらしやなにか」

「うちに材料は無かったと思うけど」

「ええ、無かったわ。マリアのお店に行って買ってきたの」

「君がかい？」彼は感心して言った。「だけど、マリアは英語を話さないだろう？」

「ええ、そうよ。だけど、あなたの机の引き出しから辞書を見つけたの」

「金はどうしたんだい？」

「申し訳ないんだけれど、あなたのつけで買って来たわ。自分用にエスパドリュも。八ペセタかかったわ。お気を悪くなさらなければいいんだけど」

「いや、全然」

セリーナはキャセロールを吟味するように見つめた。「もういい具合だと思う？」

「上出来だと思うよ」

「本当はお肉を焼こうと思ったの、でもオリーブオイル以外、油が見つからなかったから、これじゃあ焼くのは無理だと思って」

彼女はタオルを取るとキャセロールにふたを戻し、いい匂いのするお皿ごとオーブンの中に戻し、扉を閉めると立ち上がった。カウンター越しに二人が顔を突き合わせると、セリーナが言った。「いい一日だった？」

この家庭的な心地よさに触れて、ジョージは今日のことを忘れていた。「えっ……いや、ああ、うまくいった」

「電報は打てたの？」

「おお、まあね、電報は送ったさ」セリーナは鼻のところにそばかすがついて、灯りの下では思いがけずその滑らかな髪に、金髪の筋が光っていた。

「どれくらいかかるって言っていた？」

「俺たちが思っていたとおりさ。三、四日かかるってさ」ジョージは組んだ腕から身を乗り出して言った。「それで君は何をして過ごしていたんだい？」

「えっ……」彼女は不安げになり、何か手仕事を探しているように、持っていた布巾で働き者の女バーテンダーのようにカウンターの上を拭いた。「そうね、ファニタとお友達になったでしょ、それから髪を洗って、日の当たるテラスに座って……」

「そばかすができてるよ」

「ええ、わかっているわ、ひどいかしら？　それから村へお買い物に行ったわ。とっても時間がかかったの、皆、わたしと話したがって。でももちろん何を言われているか、一言もわからなかったわ。そして戻ってきて、野菜の皮をむいたりして……」

「そして暖炉に火を点けた……」ジョージが遮った。「花もあしらって……」

「気が付いたのね！　これは、明日には枯れてしまうでしょう。野の花なの。村から帰る途中で摘んできたのよ」ジョージはこれには答えなかった。セリーナは、あたかも会話が途切れるのを怖れるように、すぐに続けた。「今日何か召し上がった？」

「いや、昼めしを抜いた。四時にビールを一杯飲んだんだ」

「お腹すいている？」

「腹ペコさ」

「すぐにサラダを作っちゃうわ。十分くらいでできると思うの」

「ディナージャケットを羽織って、蝶ネクタイを締めて来いって、いうことかい？」

「いいえ、そんなことないわ」

彼はニコリとして、体をまっすぐにして背伸びし、「取引をしよう」と言った。「俺は耳の埃を洗い流してくるから、その間に君は飲み物を作ってくれ」

　彼女はもの問いたげに見つめた。「どんな飲み物？」

「スコッチのソーダ割り、オン・ザ・ロックでね」

「どれくらい、ウイスキーを入れたらいいかわからないわ」

「指二本さ」ジョージははかり方をやって見せた。「そうだな、君の指なら三本かな。わかってもらえたかな？」

「とにかくやってみるわ」

「いい子だ。頼むよ」

　彼はきれいなシャツを取って来ると、素早く冷たいシャワーを浴び、身支度を整え、髪をとかした。鏡の中の姿が、髭をそったほうがいいと語りかけてきた。

ジョージは喧嘩ごしになり、それより早く飲みたいんだと、なりふり構わずに言った。

鏡の中の、内なる声が道徳じみた語気を帯びた。**彼女がテーブルをセットし、花束まで用意したんだ。髭をそるべきだよ。**

俺はいまいましい花束なんて摘んでくるように頼んだ覚えはないぞ

お前は、夕食を作ってくれるようになんて頼まなかったな。けれどそれを食べようとしているじゃないか。

ええいっ、黙れ！　とジョージは言って、髭剃りに手を伸ばした。

きれいに髭を剃り終え、それから、あまり使わないので、瓶の底で固まり始めていたアフターシェーブをいくらかはたいて仕上げた。

おお、いいじゃないか、鏡の中の声が、今度は一歩後ろに下がり、賞賛して言った。

満足か？ ジョージが訊くと鏡の中の自分があざけるようにニヤリとした。

暖炉の横のテーブルにウイスキーが待っていた。しかしセリーナはキッチンへ戻り、大きな木製のボウルでサラダを混ぜていた。彼はトランジスターラジオを手に取り、暖炉を背にして座り、何か気の利いた音楽を探し始めた。セリーナが「下の港で何かのパーティーをしているみたい。歌が聞こえるでしょ」と言った。

「うん、魅力的な歌だね」

「ちゃんとしたメロディーではないのね」

「ああ、違う、ムーア人の曲さ」

トランジスターラジオからは、チューチューとさえずるような音から一転して、温かいギターの音楽が流れだした。ジョージがラジオを置き、グラスを取ると、セリーナは「飲み物がうまくできていればいいんだけれど」と言った。

試してみると強すぎたが、「完璧だよ」と言った。

「あとは、お料理も完璧だといいんだけど。マリアのお店で、焼きたてのパンも買おうと思ったの。だけどパンはたくさんあるみたいだったからやめたの」

「ファニタは実はパンフリークでね。いつもイレブンジイズ（訳注2）に、パンと山羊のチーズを食べてタンブラー一杯の白ワインを飲むのさ。それでどうして起きていられるのか、俺にはわからないがね」

　セリーナはカウンターのなかからサラダボウルを持って出てくると、セットされたテーブルの真ん中に置いた。彼女はジョージが今まで好きになれなかった青と緑のストライプのシャツを身に着け、とても素敵なほっそりとしたネイビーブルーのズボンを、ウエストのところに、細い革のベルトで留めて着こなしていた。ジョージは今朝、二人が何を言い争っていたのかをすっかり忘れていた。ばかげた争い事は、すっかり彼の意識から消えていたのだが、遅ればせながらようやく思い出した。そのベルトが彼の持っているもののうちの一つだと気が付き、彼女が自分から離れてロフトの方へ行こうとした瞬間、ベルトをひっとらえて、捕まえた。

「このズボンをどこから取ってきた？」

　セリーナは尻尾を捕まえられた子犬のような格好で言った。「これはあなたのよ」そののんきな口調も何の効果もなかった。「これが俺のだって？」それは、彼のものだった。ネイビーブルーの上等なサージのズボンだった。グラスを置くと彼女を自分の方に向けさせた。「だけど、君にちょうどいい大きさじゃないか」セリーナはやっとのことで彼と目を合わせていた。「俺の上等なズボンに何をした？」

「ええと……」彼女は目を見開いた。「朝、あなたが行ってしまってから、特に何もすることがなかったから、そこらへんを整理していて、あなたが昨日着ていたこのズボンが汚れていることに気が付いたの。脚の横のところにグレービーソースか何かのシミがついていたわ。だから下へ持っていって、ファニタに見せて。そうしたらファニタが洗ってくれて、ちぢんじゃったの」

このひどい作り話をした後で、セリーナは少し恥じらいを見せるだけの礼儀は持ち合わせていた。ジョージは言った。「そんなの、いまいましい嘘だ。そうだろう。このズボンはクリーニングから戻ってきたばかりなんだ。それに君は、俺がサン・アントニオから帰ってきてから、なんかおかしかった。哀れな俺は愚かにも、機転を利かせた君が、哀れな年配のジョージに、おいしい夕飯を作ってくれたのだと、勘違いしていた。だが、そうじゃなかったんだな、えっ？」

セリーナは悲しげに言った。「だって、何も着るものが無かったんですもの」

「それで君は、俺の上等なズボンに仕返しをしたってわけか」

「仕返しなんかじゃないわ」

「君は自分自身のことをユーモアで笑い飛ばせないからそうなるのさ」

「あなただって、笑い飛ばせているとは思えないわ」

「それとこれとは話が違うよ」

「どう違うの？」

彼はセリーナをじっとにらみつけていたが、すでに初めの怒りは収まっているのに気づいており、この状況のおかしさに気分を良くしていた。それに、セリーナの瞳のうちに光るものが、彼女の全く思いもよらなかった性格を物語っていた。彼は言った。「君がそんなふうに自分を擁護するだけの根性があるとは、思ってもみなかったよ」

「だから怒ったの……？」

「いや、もちろん違うさ。むしろそれだけガッツがあってうれしいくらいだ。ところで……」彼はふいに、彼女が仕掛けて来たずるいトリックを上回る面白いことを思い出していた。「君に渡したいものがあるんだ」

「渡したいもの？」

「ああ」彼は包みを帽子と一緒に放り出していたが、ここでそれを取ってきた。「サン・アントニオで、君にプレゼントを買って来たんだ、気に入ってもらえたらいいんだけど」

彼女はその小さい包みを疑わしそうに見つめた。「着るものじゃないわよね……」

「開けて見てご覧」と言ってジョージは再び飲み物を手にした。

彼女は細心の注意を払って紐の結び目をほどいた。包み紙が落ち、彼が買ってきた、ハーフサイズのごく小さなギンガムチェックのピンクのビキニの上下を手で受け止めていた。

彼はおお真面目に言った。「君が今朝、何も着るものが無いって嘆いていたようだったからね。色が似合えばいいんだが」

セリーナは何も言葉が見つからなかった。ビキニは彼女の眼には、挑発的でショッキングに映った。それをジョージ・ダイヤーから貰ったという状況が、彼女を困惑させ、言葉を失わせていた。彼は本当にセリーナがかつてこんなもの着たことがないって、思いもしなかったのかしら？セリーナは、顔を赤らめ彼の方を見ないで、「ありがとう」というのがやっとだった。彼は笑いだした。セリーナは眉をひそめてチラッと見た。「誰かから、からかわれたこと無いのかい？」ときわめて穏やかにジョージが言った。

セリーナはバカだったことに気づき、首を横に振った。

「乳母からもかい？」と滑稽な声で付け加え、すぐにばつの悪さは消えたが、可笑しかった。「なんてことでしょう、乳母のことはほっておいて」とセリーナは言ったが、彼のおかしさがまるではしかのように彼女に移り、するとジョージは言った。「そうやって笑っていろよ。君はいつも笑っているのがいい。笑うと、とても可愛いよ」

訳注1　シトローエン　フランスの自動車のブランド名

訳注2　イレブンジイズ　イギリスや英連邦王国の一部地域で朝一一時頃とる軽食習慣　午前の休憩

第九章

次の日の朝七時半に、ジョージ・ダイヤーが家のドアを開けると、そこにはいつものように塀に座り、手を膝の上に置いて籠を足元に置いたファニタがいた。籠にはきれいな白い布がかけられており、彼女は誇らしく微笑みながらそれを家の中に運んだ。

「何を持ってきたんだい、ファニタ?」とジョージが聞いた。

「これはお嬢さん《セニョリータ》へのプレゼントなのです。マリアの旦那、ペペのオレンジの木になったものです」

「マリアが贈ってくれたのかい?」

「はい、旦那様」

「それは親切なことに」

「お嬢さん《セニョリータ》はまだ眠っているのですか?」

「そうだと思うよ。見に行ってはいないけどね」

ファニタがコーヒーを淹れる水を張っている間に、ジョージはシャッターを開け、朝の光を家の中に取り入れた。テラスへ出ると、足元の石のフロアーがヒンヤリとした。エクリプスは静かに横たわっていた。マストの白さが遠く岸辺の松の木に映えて見えた。あの新しいスクリューを取り付けるのは今日にしようか、とジョージは決めた。それ以外には特にするべきことは無かった。何をしようがいい全く自由な一日が、目の前に広がっていた。見上げると、空は晴れているようだった。内陸の方を見ると、サン・エスタバン教会の向こう側は、かなりの雲がかかっていたが、雨はいつも山々の頂《いただき》付近にばかり降り、海の上空は澄んでいて雲一つなかった。

釣瓶が井戸に落ちる、ガランガランという音でセリーナは目覚め、やがて昨夜借りたシャツを着てジョージのところへやってきた。どうやらシャツだけしか着るものがないらしかった。彼女の長いすらっとした脚はもはや青白くはなく、新鮮な卵のような黄金色に軽く日焼けしており、髪を束ねて上げたおだんごから、一筋か二筋の長いおくれ毛がたなびいていた。彼女がジョージの隣でテラスの塀から身を乗り出すと、首につけた細い金のネックレスが見え、明らかに子供時分のロケットか、堅信礼のときの金の十字架《クロス》を下げているのが見て取れた。ジョージは普段は、純真という言葉が好きではなかった。太ったピンクの赤ん坊や、愛嬌のある仔ネコのピカピカ光る絵葉書を連想させたからだ。しかしこのとき、思いがけず、教会の鐘のように清廉潔白なものとして、その言葉が彼の心に飛び込んできたのであった。

彼女は、自分たちの下の着水台にできた小さな陽だまりのなかで朝の毛づくろいをしているパールを見ていた。時々魚が浅瀬を矢のように泳ぎ去ると、パールは毛づくろいの手を休めてピタッと静止し、後ろ足を街灯のように立てて、すぐにもまた朝の身だしなみに戻れるようにしていた。

「トメウがわたしたちをカサ・バルコに連れてきた日、二人の漁師が下にいて、魚を洗っていたわ。トメウは彼らと話していたの」とセリーナが言った。

「それはラファエルだよ。トメウのいとこさ。彼はボートを俺の隣のドックに停めているんだ」

「村じゅうが親戚同士なの？」

「だいたいはね。ファニタが君にプレゼントを持ってきたよ」

彼女は振り返ってジョージを見た。はみ出したおくれ毛が、ふさのようにたれさがった。「ファニタが？　何かしら？」

「見てきてごらん」

「さっき、ファニタにおはようと言ったけど、プレゼントのことは何も言っていなかったわ」

「それはファニタが英語を話さないからさ。行っておいでよ。渡したくて首を長くして待っているよ」

セリーナは家の中へ消えていった。おかしなやり取りが聞こえてきて、間もなくセリーナが籠を抱えて戻って来た。上にかかっていた布は取ってあった。

「オレンジ」

「ラス・ナランハス、だよ」とジョージが言った。

「それってオレンジの呼び方なの？　たぶんマリアからって言っていたんだと思うけど」

「マリアの旦那が自分でオレンジを育てたんだよ」

「なんて素敵なプレゼント」

「マリアのところへ行ってお礼を言わないといけないよ」

「スペイン語を習わないと何にもできないわ。あなたはスペイン語を覚えるのにどれくらいかかった？」

　ジョージは肩をすくめた。「四か月かな。ここに住むようになってからだ。それ以前は一言もしゃべれなかった」

「でもフランス語ができるのよね？」

「ああ、そうだね。フランス語、あとイタリア語も少しね。イタリア語はずいぶん役に立っているよ」

「まず単語を少し覚えないと」

「俺が文法書を持っているから貸してやるよ。それで動詞もいくらか覚えられるだろう」

「ええ、『ブエノス・ディアス』がおはようございます、でしょ……」

「それから、『ブエナス・タルデス』がこんにちはで、『ブエナス・ノーチェス』がおやすみなさいでしょ」

「それから、『シー』を知っているわ、『シー』は、はいでしょ」

「それから、『ノ』は、いいえ。これは若い女の子はよく覚えておかなければならない重要な言葉だよ」

「わたし、単細胞だけど、それくらいは覚えられるわ」

「それはどうかな」

　フアニタが朝食のトレイを持ってテラスへ出てきて、カップやお皿、コーヒーのシュガーポットやクリーマーをテーブルにひろげ始めた。ジョージはセリーナがマリアからのプレゼントをとっても喜んでいて、きっと今日あとで村まで行ってマリアに直接お礼を言うだろう、と話しかけた。フアニタは以前にもまして大きく微笑み、頭をぐっとそらしてトレイをキッチンへ運んで行った。セリーナはエンサイマーダを手に取ると、「これは何かしら？」と訊いた。

　ジョージは「これはサン・エスタバンのパン屋で毎朝焼いているもので、フアニタが俺のためにできたてを買って、朝食に出してくれるんだ」と言った。

「エンサイマーダ」セリーナはシュガーがちりばめられた柔らかく薄いパンの端っこを、一口かじった。「フアニタは誰か他にもお世話している人がいるの？　それともあなただけ？」

「彼女は旦那さんや子供たちの面倒をみているよ。畑に出たり家事をしたり。生涯で働く以外したことがないんだ。働いて、結婚して教会へ行き、赤ちゃんを産んだんだ」

「とても満足しているみたいね。いつも笑顔だわ」

「彼女は世界一短足なんだよ、気が付いたかい？」

「でも、短足なのは満足していることとは関係ないわ」

「まあね。だけどひざまずくことなく床を磨ける世にも稀有な女なんだよ」

二人は朝食を済ませると、暑くなる前に村に買い物に出た。セリーナは縮んでしまったジョージのネイビーブルーのズボンを身に着け、一昨日マリアの店で買ったエスパドリュを履き、ジョージは籠を持っていた。そして道すがら、ジョージは「ムーチャス　グラシアス　パラ　ラス　ナランハス（オレンジをありがとうございました）」と、彼女に教えた。

彼らはマリアの店に入り、麦わら帽子が積まれ、サンオイルや、カメラのフイルム、バスタオルの陳列された入り口近くを通り過ぎて、天井の高くなった奥の暗い部屋に入っていった。そこはヒンヤリとしていて、ワインの樽や、箱に入った甘い香りのフルーツや野菜、腕の長さほどもあるパンが並べられていた。マリアとその旦那のペペ、それからトメウは誰しも忙しく接客しており、待っているお客さんの小さな群れができていた。しかし、ジョージとセリーナが入っていくと、客たちは皆おしゃべりをやめてこちらを向いた。ジョージがセリーナを軽くつついて促すと、彼女は「マリア《マリア》、オレンジをどうもありがとうございます《ムーチャスグラシアスパララスナランハス》」と言った。すると皆が、すきっ歯を見せて笑い、何かセリーナがとてつもなく賢いことを成し遂げたかのように彼女の背中をたたいて褒めた。

二人の籠は日用雑貨品、ワインの瓶やパン、フルーツ等でいっぱいになり、自転車でカサ・バルコへ配達するように、トメウに託された。ジョージはペペから差し出されたグラス一杯のブランディーを飲み、それからルドルフォに会いにセリーナとともに、カラ・フエルテホテルへと足を運んだ。二人がバーに座ると、ルドルフォがコーヒーを出してくれた。そして金を送るよう頼んだ電信は、すでにイギリスへ送られ、すぐにも金を返せる日がくるだろうとジョージは言ったが、ルドルフォは笑って、何日かかろうが構わない、と答えただけだった。ジョージは、ここでもブランディーを飲むと、さよならを言い、再び家まで歩いて戻ってきた。

カサ・バルコに帰ってくるとジョージは、初めて外国語を習う時の難しさをやわらげてくれた、スペイン語の文法書を探し出し、セリーナに渡した。

セリーナは「すぐにでも、習い始めたいわ」と言った。

「そうだな、それを始める前に、俺はエクリプスに乗りに行くけど、君も来ないか？」

「エクリプスでセーリングするの？」

「エクリプスでセーリング？　そいつはフリントトン訛りじゃないな」と言ってジョージはおかしなロンドン訛りで付け加えた。「島一周で半クラウン（訳注1）いただきます」「わたしはただあなたがエクリプスで出かけるのかと思っただけ」とセリーナは穏やかに言った。

「いや、そうじゃないんだ」ジョージは態度をやわらげた。「俺はいつか新しいスクリューを取り付けなくちゃならないんだ、今日はどうかと思ってね。もしよければ君も泳げるよ。ただし、水は冷たいってことは警告しておくがね」

「文法書を持って行ってもいい？」

「ああ、何でも好きなものを持っていくがいいさ。ピクニックができるよ」

「ピクニックね！」

「きっとファニタが何か食べ物をバスケットに入れてくれるよ。フォートナム＆メイソンのピクニックバスケットっていうわけにはいかないけどね……」

「それじゃあ、ファニタにお願いしてみて。そうしたらわたしたちお昼に帰ってこなくてもすむわ」

三〇分後、彼らは小型ボートに乗り込んだ。セリーナは船尾に座り、スクリューの入った箱を膝の間に置いた。文法書と辞書と、泳ぎたくなった時に使うバスタオルを持って。ピクニックバスケットは、ジョージの足元の船底に置かれ、彼が漕いだ。彼らが着水台から遠ざかっていくと、ファニタはテラスから身を乗り出し、今生の別れでも告げるかのように布きれを振った。パールは水際で前へ後ろへと歩き、物悲しくニャーと鳴いた。一緒に行きたかったのだ。

「なんで、パールを連れて来たらいけないの？」とセリーナが訊いた。

「連れて来たらたちまち嫌がるだろうよ。水が多いのがトラウマになっているんだ」

セリーナは手を流れに浸し、深い底で揺れる緑の海藻を見つめた。「草みたいね？　それか風に吹かれた森林みたい」水はとても冷たかった。彼女は手を引っ込め、振り返って、カサ・バルコを見て、その斬新な眺めにうっとりとした。「他の家々とは全く違った形をしているわね」

「あれは、ボートハウス（訳注2）だったんだ。バルコってボートのことなんだ」

「あなたがここへ来て暮らし始めた時にはあれはボートハウスだったの？」

ジョージはオールを漕ぐ手を休めた。「ジョージ・ダイヤーのファンクラブの設立委員としては、君は俺の本をあまり注意深く読まなかったとみえるね。というか、そもそも読んだことあるのかな？」

「ええ、もちろん読んだわ。でも、あなたに関することだけ探して読んでいたの。だってあなたが父かもしれないって思っていたのだもの。そしてもちろん、あなたについては何も書かれていなかったわ。全て村のことや港、エクリプスやなんかのことだったわ」

ジョージは再び漕ぎだした。「初めて俺がカラ・フエルテを見たのは、海からだったんだ。マルセーユからやって来た。一人で。乗組員を拾うことができなかったんでね。この場所を探すのにとても苦労したんだ。俺はエクリプスでモーターをつけてここまで来て、錨を降ろした。今停泊しているところから、数フィートも離れていない場所に」

「その時、自分がここにとどまって住んだり、ここを自分の家にしたりしようっていうふうに思っていたの？」

「さあ、どう思っていたかなあ。あまりにも疲れていて、考える余裕もなかったさ。だけど、今も覚えているのは、朝早くに、松の木がいかにいい匂いだったかということさ」

二人がエクリプスまで漕ぎつけると、ジョージは立ち上がり、欄干をつかみ、もやい綱をしっかりと握ると、船尾のデッキの上までよじ登り、小型ボートを固定した。それから、セリーナが荷を下ろすのを手伝うため、戻っていった。彼女はタオルと本を手渡し、ピクニックバスケットを渡すと、自分でよじ登っていった。ジョージは小型ボートへ戻り、スクリューの入った重い箱の処理に当たった。

　操縦室の防水カバーは、ジョージが置いて行ったまま、客室の屋根の上に被せてあり、びしょ濡れだったものがカラカラに乾いていた。セリーナは操縦室へ降りて行くと、ピクニックバスケットを椅子の上に置き、生涯で、こんなに狭い船に乗ったことがなかったので、驚きながらも困惑して、あたりを見渡していた。

「とても狭そうね」

「どんなのを期待していたんだい？　クイーン・マリー号みたいなやつか？」ジョージはスクリューの箱を操縦室の床にどさっと下ろし、しゃがんで薄板の付いた椅子の下に、危なくないよう押しやった。

「いいえ、もちろん違うわ」

　彼は立ち上がった。「こっちへ来てみな。中を見せてやるよ」

　メインの昇降口の階段は、調理室へと下って行き、調理室の一角には水路図を入れる広い引き出しの付いた航海用のテーブルが備え付けられていた。その背後には船室があり、両端には寝台、真ん中には折りたたみ式のテーブルがあった。セリーナはジョージがここで寝ているのか訊ねた。ジョージがそうだというと、彼の背丈は優に六フィートはあるのに、このベッドは四フィート半ほどしかないいんじゃないかと訊き返した。ジョージはジェスチャーでベッドのすそがサイドボードの中に延びることを示して見せた。

「なるほど、そういうことね。足を穴の中に入れて眠るのね」

「その通りさ、それにとっても心地いいんだ」

横木に支えられた本棚には実にたくさんの本が並べられていて、ベッドの上のクッションは、赤と青で、ギンボー（訳注３）の上には、石ろうのランプが下がっていた。帆の下にはエクリプスの写真が何枚か掛けられていた。ストライプの入った巨大な三角形の帆を膨らませてセーリング中のエクリプスの写真が飾ってあり、空けっぱなしになったロッカーの中には、黄色のオイルスキンジャケットが掛かっていた。ジョージは前へ進み、白く塗られたマストの柱の周りをゆっくりと歩き、そのあとからセリーナがついていった。そして小さい三角のへさきにはトイレがあり、鎖と帆の格納庫があった。

セリーナは再び言った。「随分狭いのね。こんなに狭いところに住むなんて想像できないわ」

「馴れるさ、それにもし君が一人で乗るとしたら、操縦席で過ごすだろう。だから調理室はすぐ手が届くように狭くなっているんだよ、操縦中も食料に手が届くようにね。おいで、戻ろう」

セリーナが先に立って歩くと、その後ろでジョージは立ち止まり、丸窓のふたを回して外し、窓を押し開けた。彼女は調理室の丸窓からピクニックバスケットに手を伸ばし、日の当たらないところに置きなおした。細い首のワインボトルがあったが、残念ながら温まっていた。しかしそのことをジョージに話すと、彼は麻ひもを取り出し、ボトルの首に結びつけ、船べりから海に吊り下げた。そして階下に再び降りて行き、船室の寝台からフォームラバーのマットレスを一枚持って戻ってきた。

「何に使うの？」

「君が日光浴をしたいだろうと思ってさ」ジョージは客室の屋根にそれを上げた。

「あなたはこれから何をするの？」

「いや、海水がもう少し温かくなるまで待つか、誰か代わりにやってくれる奴を探すよ」そう言うと、ジョージは再び階下へ消えていった。セリーナはスペイン語の文法書を取り出すと、客室の屋根によじ登り、マットレスの上に寝ころんだ。文法書を開いて、読んだ。「名詞は、男性名詞か、女性名詞にわかれていて、常に定冠詞と一緒に覚えることが望ましい」


とても暖かかった。セリーナは開いた本の上に顔を伏せて、目を閉じた。波がひたひたと寄せ、松の香りがただよい、暖かくて心地よい陽ざしが溢れていた。彼女は腕を暖かいほうへと伸ばした、手と指も、そしてそれ以外のすべての世界は滑り落ち、今、ここにいることだけが現実味を帯びていた。白いヨットが青い入り江に停泊し、下でジョージが動いていた。船室でロッカーが開いたり閉じたりし、時折、ジョージが何かを取り落とし、罵っていた。


しばらくして、セリーナは目を開けて言った。「ジョージ」

「ん……？」彼は上半身裸で操縦席に座り、煙草を吸いながらロープをきれいに巻き上げていた。

「男性形と女性形があるってことが今、わかったわ」

「うん、滑り出しは好調だな」

「泳ごうかしら」

「ああ、そうしたら」

彼女は上体を起こし、髪を顔の後ろに押しやった。

「すごく冷たいかしら」

「フリントンの海に比べれば何も冷たいものはないよ」

「わたしがフリントンへよく行っていたって、どうしてわかったの?」

「野生の勘で君のことがわかるのさ、君は夏の間、乳母とそこで過ごしたんだろう。青く冷たい海で、震えながらね」

「もちろん、その通りだわ。海岸は玉石で、わたしはいつも水着の上に分厚いセーターを着ていたの。アグネスもすごく嫌っていたわ。なぜわたしたちがそこに送り込まれることになったのかは、わからないけど」

セリーナは立ち上がり、シャツのボタンをはずし始めた。

ジョージは言った。「ここはとても深いよ、泳げるのかい?」

「もちろん、泳げるわ」

「俺は、人食いザメに備えて、もりを手に持っておくよ」

「まあ、まさか、なんて面白い!」セリーナはシャツを引っ張って脱ぐと、その下にはジョージが買ってきたビキニを着ていた。彼は「何てこった!」と言った。何故ならあれはただの冗談のつもりだったわけで、彼女が本当にそれを着る勇気があるとは、思ってもみなかったのだ。しかし今、冗談は肩透かしに会い、ドギマギして立ち尽くしているしかなかった。

またしても、純真、という言葉がよぎり、心を打った。そして不当にもフランシスのことを思った。雨風にさらされ黒く日焼けしたボディーと、彼女が着ている下品としか言いようのない、けばけばしいビキニを。

セリーナが彼の驚きの声を聞いてしまったかどうかは、ジョージにはわからなかった。その瞬間、彼女は水に飛び込んだのだから。彼は、セリーナがパシャッと音も立てずにエレガントに泳ぐさまを見ていた。水の中で背後に長い髪が扇のように広がり、あたかも美しい新種の海藻のように見えた。

ようやく戻って来たセリーナが寒さに震えていたので、ジョージはセリーナにタオルを押し付けてから、調理室へと降りて行き、セリーナに食べさせるものを探した。丸形のパンとファニタお手製の山羊のチーズがあった。ジョージが戻ってみると、セリーナは日の当たる客席の屋根の上で、タオルで髪を拭いていた。その姿は、パールを彷彿とさせた。ジョージがパンを渡すとセリーナが言った。「フリントンでは、いつもジンジャービスケットだったの。アグネスはいつもかじかみビスケットって呼んでいたわ」

「アグネスらしい言い方だね」

「そんなことあなたには言えるはずないわ、アグネスに会ったこともないんですもの」

「これは失礼」

「あなたはきっとアグネスを好きになるわ。二人には共通点がたくさんあるんですもの。アグネスはいつも寂しくって不機嫌に見えるけど、実際には全然そうじゃないの。よく吠える犬ほど噛まないものよ」

「それはどうも」

「これは褒め言葉よ。わたしはアグネスのことが大好きなの」

「俺が編み物を覚えたら、たぶん君は俺のことも好きになるだろうな」

「もっとパンはある？　まだお腹が減っているの」

彼は再び下へ降りて行った。戻って来ると、セリーナがまた腹這いになり、文法書を開いていた。「ジョはわたし、トゥは親称のあなた、ウステットは敬称のあなた」

「ウステットじゃなくて、ウステ……」ジョージはこれをわずかにスペイン語風に舌たらずに発音した。「ウステ……」セリーナはパンを手に取り、上の空で食べ始めた。

「ちょっとおかしいと思わない？　だってあなたはわたしのことをずいぶんよく知っているでしょ……。もちろんあなたを父だと思って、わたしが話したからなのだけれど……でもあなたのこと、わたし、何にも知らないのよ」

ジョージが返事をしなかったので、セリーナは振り向いて彼の方を見た。彼は操縦席に立ち、頭はセリーナの頭と同じ高さで、二フィートと離れていないところにあった。しかし彼女のほうへ顔を向けず、一艘の釣り船が港から動き出し、澄み切った青緑の水の向こうからやって来るのを見ていた。彼女に見えるのは彼の額のしわと、頰と、あごだけだった。セリーナが話しかけても、彼は振り返らなかったが、少しすると言った。「ああ、知らないだろうね」

「わたしが正しかったわね？　『カラ・フエルテの祝祭』にはあなたについて書かれていなかった。あなたは、その本の中にはほとんど出てこなかったわね」

釣り船はゆっくりと水深の深い海峡の方へと移動してゆき、ジョージは言った。「君は一体何をそんなに知りたいんだい？」

「いいえ、何も」セリーナはこの話題を切り出すんじゃなかった、と、とうに思い始めていた。

「特に何もないわ」彼女は文法書のページの端っこを折り返しては、すぐにまた、まっすぐに伸ばした。悪い癖だと教えられていたのだ。「わたしはただ、詮索好きなんだと思うわ。わたしの弁護士のロドニーが……話したわよね、わたしにあなたの本をくれた人よ。彼にね、あなたがわたしの父じゃないかと思うから探しに行きたい、と言ったの。そうしたら、眠れる虎を起こすな、ですって」

「ロドニーの口から出るにしては、ずいぶんと気の利いた言い方だけれど」釣り船が彼らのそばを通り過ぎ、深い海の方へ進み、エンジンの速度を上げて、広い海原へと向かっていった。ジョージは彼女の方へ顔を向けた。「俺は眠れる虎か？」

「いいえ、そういうことじゃないわ。ただ彼はわたしに、厄介ごとを起こしてほしくないって思っただけ」

「君は、彼のアドバイスを聞かなかったんだ」

「ええ、そうよ」

「いったい何が言いたいんだい？」

「ただ、わたしは生まれつき詮索好きなんだと思うわ、多分。ごめんなさい」

「俺は何も隠し事なんて無いさ」

「わたしは人々のことについて知りたいの。その人の家族や両親のことを」

「俺のおやじは一九四〇年に殺されたよ」

「あなたのお父さんも殺されたの？」

「おやじの乗っていた駆逐艦は、大西洋でUボートの魚雷に攻撃されたんだ」

「お父さんは、海軍にいたのね？」ジョージはうなずいた。「あなたが何歳の時？」

「一二歳だった」

「あなたはごきょうだいはいたの？」

「いいや」

「その時どうなったの？」

「そうだな、どうだったかな……学校に通っていて、その後兵役義務を終えて、それからそのまま陸軍に留まることを決意して、任務に就いたんだ」

「お父さんみたいに、海軍には行かなかったのね？」

「ああ、陸軍のほうが面白そうだったからね」

「実際はどうだったの？」

「いくらかは当たっていたが、全てじゃなかったさ。それでジョージおじさんが、自分の子供がいないことから、家業を一緒にやらないかって誘って来たんだ」

「どんな企業？」

「ヨークシャーのウエストライディングにある、羊毛紡績工場さ」

「それで、あなたは行ったの？」

「ああ、行く義務があると思ったんでね」

「でも、行きたくは無かったんでしょう？」

「ああ、望んではいなかった」

「それで、どうしたの？」

彼は、はっきり言いたくないように見えた。「いや、何も。ブラッダーフォードに五年いて、そして俺の持ち分の事業を売り払って、逃げ出してきた」

「ジョージおじさんは嫌がっていなかった？」

「喜んでいるとは到底言えなかったがね」

「それで、それからどうしたの？」

「売った金でエクリプスを買って、数年間放浪した末に、ここにたどり着いたんだ。それ以来、幸せに暮らしているよ」

「それから、本を書いたのね」

「ああ、そうだ。そのときにあの本を書いたんだ」

「そしてそれが、何より重要なことね」

「どうして、それがそんなに重要なことなのかね？」

「だってそれは創造的なことだから。あなたの内側から出てきたものですもの。書けるっていうことは、天賦の才能だわ。わたしなんて何一つできないのに」

「俺だって何にもできないさ」とジョージは言った。「だからこそ、ルートラント氏が君というぞめいたメッセージを送って来たのさ」

「次の作品は書かないの？」

「本当のところ、書けるものなら書いているさ。書き始めてはみたが、ことごとく失敗さ。細かく破いて、一種のたき火の儀式を執り行ったよ。控えめに言っても、がっかりさ。それにかの年配の紳士と約束してしまったんだ。二作目を出版するって。構想だけでも一年以内に書くって。だがもちろんできなかった。作家のスランプに陥っているって言われているよ。面白く言えば、一種の最悪な精神的便秘さ」

「二作目はどんなお話にしようと思ったの？」「ここに暮らし始める前に行った、エーゲ海への航海さ」

「どうして書けなかったのかしら？」

「うんざりするものさ。旅は素晴らしかったが、自分が書いてみると、十一月の雨降りの日曜日にリーズの街をバスで巡る程度の面白ささ。しかも以前にも書かれている」

「でも、そのことは問題じゃないわ。きっと独自のアングルや、新しいアプローチを考えなくちゃならないんだわ。そうじゃなくって？」

「ああ、もちろんさ」ジョージは微笑んだ。「君は見た目ほど馬鹿じゃないと見えるね」

「正直には褒めてくださらないのね」

「ああ、俺はへそ曲がりでひねくれ者なんだ。さて、人称代名詞は言えるかな？」

セリーナは本に目を落とした。「Usted《ウステ》、あなた。El《エル》、彼。Ella《エラ》……」

「l《エル》が二つあったらl《エル》の後ろにy《ワイ》があるように発音するんだ。エリャ」

「Elya《エリャ》」と言ってセリーナは目線を上げ、またジョージを見た。「あなたは結婚したことは無いの？」

彼はすぐには答えなかったが、その顔はいかにもセリーナが点けた明かりが、目に射したかのようにこわばって見えた。やがてジョージは静かに口を開いた。「結婚したことは無いが、一度婚約したことがある」セリーナは次の言葉を待った。その沈黙に促されてジョージは話を続けた。「あれは、俺がブラッダーフォードに居たころだった。相手の両親はブラッダーフォードの人で、とても金持ちで親切で、自分の力で成功した人たちだった。本当に善良で信頼のおける人物さ。父親はベントレーに乗っていて、母親はジャガーに乗っていた。そしてジェニーは十フィートもあろうかと思われる猟馬を持っていて、馬運搬用のボックスカーを所有していた。彼らは一家でよくサンモリッツにスキーに行ったり、夏の休暇にはフォルメントールに行ったり、リーズの街の音楽祭にも乞われてよく行ったりした。

「あなたって優しいのか、冷たいのかわからないわ」

「俺にもわからないさ」

「だけど何故その方は婚約を解消したのかしら」

「向こうがしたんじゃない、俺から解消したんだ。ブラッダーフォードでかつてないほどの、盛大な結婚式が開かれるまで、あと二週間だった。何か月もの間、ジェニーは花嫁付添人や嫁入り道具や、パーティーの料理のケータリング業者や、カメラマンや結婚祝いにかかりきりで、俺はそばに寄ることができなかった。またその結婚祝いときたら！　おかげで俺たちの間には壁ができ始めたんだ。だから彼女には近づけなくなった。それで、その壁があるということにジェニーが気づいてさえいないとわかったとき……そうだな、別に俺はたいそうな自尊心を持っていたわけじゃないが、ほんの少しでも持ち合わせたそれを守ろうとしたんだ」

「彼女に結婚しないって、言ったの？」

「ああ、俺は彼女の家へ行った。最初にジェニーに言い、それからジェニーの両親に言ったんだ。

部屋中に木箱や段ボール箱、食器を包む薄紙、銀の燭台やサラダボウル、ティーセットと無数のトーストサーバーが広がっていた。恐ろしかったよ。ぞっとした」ジョージは思い出し、わずかに身震いした。「まるで殺人者のように感じたよ」

　セリーナは新しいマンションのことを思った。それからカーペットに花柄模様のプリント、式の時に着る白いドレスや、教会でのウエディングと付添人のアルトゥールストーン氏のことを。まるで悪夢でも見たかのように突然、セリーナはパニックに陥った。失うこと、失うと、わかっていること。どこかで道を誤ってしまい、行く先には不幸以外何もなく、急峻な絶壁と名前もわからないありとあらゆる恐怖が待ち構えていることを知っている。自分の脚でそれを飛び越え、いままで関わってきた全てのことから免れ、逃げ去りたかった。

「それが……ブラッダーフォードを去ったときなの？」

「そんなに怯えた顔をしないでくれ。いや、そうじゃないんだ。俺はそれから事態がおさまるまで二年間を費やした。嫁入り前の娘を持つ全ての母親から、疎ましい存在《ペルソナ・ノン・グラータ》と思われながら時を過ごしたんだ。あらゆる種類の思ってもみなかった人たちから、仲間外れにされた。それはむしろ面白いほどだった。誰が本当の友なのか知るにはね……」彼は、客室の屋根の端に突いていた肘を休ませようと前へ出た。「だけどこんな話は、君の完璧なカスティーリャ・スペイン語を上達させるには、何の役にも立たないよ。Hablar《アブラール》（話す）、の現在時制が言えるか試してごらん」

　セリーナが口を開いた。「Hablo《アブロ》（わたしは話す）Usted《ウステ》 habla《アブラ》（あなたは話す）。彼女を愛していたの？」

ジョージはチラッとこちらを見やったが、その黒い瞳には、怒りの感情は無く、痛みだけが感じられた。そしてその褐色の手をスペイン語の文法書の開かれたページにふせると、優しく言った。「見ないで言わなくちゃだめだよ」


シトローエンがカラ・フエルテの街に入ってきたのは、日中の一番暑い時間だった。太陽が雲のない青い空に揺らめき、影は真っ黒く、砂埃や、家々はとても白く見えた。人影もなく、シャッターは皆閉まっていた。フランシスがカラ・フエルテホテルの前に車を停め、強力な車のエンジンを切ると、しんと静まり返った。その静寂を破るのは、不思議と吹いていることとさえ感じられないほどの風に揺れる、松の木がたてるカサカサという音だけだった。

フランシスは車から降りるとドアをバタンと閉め、ホテルへの階段を昇り、チェーンカーテンをくぐって、ルドルフォのバーへと入って行った。日の光を浴びた後で、その暗さに目が慣れるまで、少しかかった。ルドルフォはそこにおり、長い竹製の椅子の一つで、こっそり昼寝《シエスタ》をしていたが、彼女が入って来ると目を覚まし、眠そうに、そして驚いて立ち上がった。

「こんにちは。ご機嫌いかが、ルドルフォ」とフランシスが言った。

彼は目をこすった。「フランチェスカ！　ここで何やっているんだい？」

「今、サン・アントニオから車を飛ばしてきたのよ。何か飲み物をくれない？」

彼はカウンターの中へ入って行った。「何飲む？」

「冷たいビールはある？」彼女はスツールによじ登ると煙草を出して、ルドルフォが差し出したマッチで火を点けた。彼はビールの栓を開けると、泡をたてずに注意深く注いだ。「オープンカーでドライブするにはいい時間帯じゃないね」

「別に気にならないわ」

「まだこんな時期なのに、今年はもうすごい暑さだよ」

「今日はいままでに無いくらい暑いわね。サン・アントニオはサーディンの缶詰みたいになっているわ。抜け出して郊外に来てホッとしたわ」

「それでここに来たのかい？」

「それだけじゃないわ。ジョージに会いに来たのよ」

ルドルフォは肩をすくめ、口角を下げ、独特のやりかたでこれに答えた。ルドルフォが何か言いたげだったため、フランシスは眉をひそめた。「ジョージは留守なの？」

「いや、もちろん居るさ」かすかな悪意がルドルフォの目に浮かんだ。「カサ・バルコにお客さんが来ていること、知っていた？」

「お客さん？」

「娘だ」

「娘！」驚きのあまり少しだけ沈黙してから、フランシスは笑い出した。「頭がどうかしているんじゃない？」

「いや、どうにもなっていないさ。ジョージの娘が来ているんだ」

「だけど……だけどジョージは結婚していないのよ」

「それはどうだか」とルドルフォが言った。

「じゃあ、その娘はいくつなの？」

彼は再び肩をすくめた。「十七かな？」

「そんなの、ありえないわ……」

ルドルフォはいらいらしてきた。「フランチェスカ、俺は娘が来ている、って言っているんだ」

「わたし、サン・アントニオで昨日ジョージに会ったけど、なんで何にも言わなかったのかしら」

「何も言っていなかったのかい？」

「ええ、ええ、何も」

だがそれは厳密にいえば本当ではなかった。というのも昨日の彼の行動はなんだかいつもと違っていて、それゆえにフランシスの目には幾ばくかあやしいと映ったのだから。前日にも街にいたのに、急に電報を打とうとしてみたこと、女性向の店として名高いテレーザの店での買い物、そしてカラ・フエルテへ帰るときの、ネコどころか他にも食べさせなくては、という最後のセリフ。日が暮れてからずっと、そして夜の間じゅう彼女はこの三つの手がかりをもとに考えあぐね、そして知っておいた方がいいという結論に達したのだった。そして今朝は、もうこれ以上知らないままではいられずに、カラ・フエルテに来て、何が起こっているのか確かめてみることに決めたのだ。たとえ何も知ることができなかったとしても、ジョージに会うつもりだった。そしてサン・アントニオの混雑した通りや歩道が神経を衰弱させ、カラ・フエルテの抜けるように青い入り江や、松の木の匂いの魅力に抗えなかった、というのも事実であった。

そして今度は、彼の娘だ。ジョージには娘がいたのだ。フランシスは煙草をもみ消し、手が震えていることに気づいた。できるだけ平然と、そしてさりげなく言った。「何て言う名前なの？」

「娘か？　セリーナさ」

「セリーナ」彼女はその名前を、苦虫を噛み潰したような面持ちで言った。

「とても可愛い子だよ」

フランシスはビールを飲み干した。空のグラスを置くと言った。「自分で確かめに行ったほうが良さそうね」

「そうするんだな」

彼女は高いスツールから滑り降りると、バックを持ちドアの方へ歩いた。だが、チェーンカーテンのところで立ち止まり、振り返ったので、ルドルフォは少し面白がって、カエルのように飛び出した目で見つめた。

「ルドルフォ、もし今夜泊まるとしたら……わたしに部屋を用意してもらえる？」

「もちろんさ、フランチェスカ。一部屋用意しておくよ」

彼女は砂埃の中をカサ・バルコへと車を走らせ、ごく狭い日陰を見つけて車を置き、家に向かって小道を渡って行った。緑のシャッタードアを開けると呼んだ。「だれか居る？」だが何の返事もなかったので、家に入って行った。

部屋は空っぽだった。何かしら甘い木の燃えかすとフルーツの匂いがし、開け放たれた窓から、冷たい海の風が吹いてきていた。フランシスはバックを手元の椅子に置くと、あたりを見まわし、女性が居た形跡がないか探したが、何も見つからなかった。ロフトから小さな音がしたので少し驚いて見上げてみると、それはジョージの飼っている取るに足りない白い猫で、ベッドの上から飛び降り、訪問客を歓迎するために階段を降りてきたに過ぎなかった。フランシスは猫は好きではなかったし、特にこの猫は苦手だったので、足でパールを押し返したが、パールは堂々としてびくともしなかった。その背中は雄弁に何かを物語り、フランシスを置いて尻尾を立てて歩き、テラスの外へと出て行った。少ししてから、フランシスはパールの後を追い、ジョージのデスクを通り過ぎる際に双眼鏡を取った。エクリプスが錨を降ろして静かに停泊していた。双眼鏡を持ち上げて船に焦点を合わせると、ヨットとその乗客が目に飛び込んできた。ジョージは操縦席で、座椅子に横になって体を伸ばし、古い日差し帽を目深にかぶり、胸に本を置いていた。女の子の方は客室の屋根にくつろいで横たわり、骨が無いように柔らかく見える手足と、たっぷりとした薄い褐色の髪をだらりと垂らしていた。そしてジョージのものと思われるシャツを着ていたが、その顔は見えなかった。このちょっとした光景から、二人とも満たされた気持ちでいることや、親しい間柄であることが伝わってきた。フランシスは眉をひそめ、双眼鏡をゆっくりと下ろした。デスクに双眼鏡を戻すと、ジョージの井戸へ行って甘くて冷たい水を自分で引き上げた。グラスを持ってテラスへ引き返すと、一番危なくなさそうなテラス用の椅子を引っ張り出して、竹を引き裂いて作ったひさしの影の下まで運び、慎重に体を伸ばすと、そこに落ち着き、待った。

ジョージが言った。「起きているかい？」

「ええ」

「もう片付けて、戻った方がいいと思うんだが。君はもう十分に日光浴しただろう」

セリーナは体を起こし伸びをした。「眠りたいわ」

「わかっている」

「おいしいワインのおかげだわ」

「ああ、そうだろうな」

二人はカサ・バルコまで漕いで戻った。小型ボートは孔雀色の水面に浮かぶ雲のようで、その影は船の下の海藻の間を、漂っていった。世界は止まり、暑く静まり返り、まるで二人だけが取り残されたように思われた。セリーナの肌はチクチク痛み、熟しすぎた果物のようにパンパンに膨れて破裂するかと思われたが、この感覚は悪くは無かった。素晴らしい一日の中で起きた一つの出来事にすぎなかった。セリーナは空のバスケットを膝の間から引っ張ると、言った。「とても素敵なピクニックだったわ。今までで最高に楽しかった」そして、ジョージが何かフリントン訛りについてまた冷やかし、何かを言うのを期待して待ったが、嬉しくも驚いたことには、彼は何も言わず、ただ微笑んで、あたかも自分自身も楽しかったかの様子であった。

ジョージは小型ボートを桟橋まで寄せると、岸に上がり、手早くもやい綱で二つの輪を作った。セリーナは持ち物一式を彼に手渡し、彼に続いて降りてみると、素足に履いた靴の下で、桟橋は焼けるように熱かった。二人は着水台を横切ってテラスへの階段を昇りはじめた。ジョージが先頭を行き、セリーナが後に続いたので、セリーナがフランシス・ドンゲンの声を聞いたのは、まだその姿を見る前だった。

「へえ、まあ、どなたかしら？」

一瞬、ジョージは呆然として、すくみあがったかのように見えた。そしてそれから何もなかったかのようにテラスへ上がって行った。

「やあ、フランシス」と言った。

セリーナは、いっそうゆっくりと彼の後に続いた。フランシスは古い竹製の椅子に横たわり、足をテーブルの上に載せていた。白と青のチェックのシャツを着、黒く日焼けした腹が見えるように前を結び、白く丈の短い、ピチピチしたデニムのパンツをはいていた。靴を振り落し、テーブルのふちに組んで置いた足は、黒く埃にまみれ、爪には真っ赤なマニュキアが塗られていた。

彼女は身を起こして座ったり、立ったりする労を取らずに、ただそこに横たわり、仰向けになって両手を床にだらりと置きながら、ボサボサの短いブロンドの髪の下から、ジョージを観察していた。

「びっくりだわ！」ジョージの肩越しに目をやり、セリーナを見た。「あら、どうも」

セリーナはよわよわしく「こんにちは」と微笑んだ。

ジョージはバスケットを置いた。「ここで何しているんだい？」

「そうねえ、サン・アントニオがとても暑くて、人混みで、うるさいから、二、三日休暇を取ろうと思ってね」

「ここに泊まるのかい？」

「ルドルフォが部屋を用意してくれるって言っていたわ」

「ルドルフォに会ったんだね？」

「まあね。ここに来る途中で彼のところで飲んだわ」フランシスは彼を見つめ、悪意を込めたからかいのまなざしを向けた。なにせルドルフォがフランシスにどの程度話をしているのか、ジョージにはわからないからだ。

ジョージはテーブルのふちに座った。「ルドルフォは君に、家にセリーナが来ていることを話したのかな？」

「ええ、もちろん。教えてくれたわ」彼女はセリーナに微笑んだ。「ねえ、あなたったらわたしにとって、かつてないほどの驚きよ。ジョージ、わたしたちをまだ紹介してくれていないじゃない」

「すまない。セリーナ、こちらはドンゲンさん……」

「フランシスよ」とフランシスは素早く言った。

「そしてこちらは、セリーナ・ブルース」

セリーナは前に出て手を差し出しながら言った。「御機嫌よう」しかしフランシスはこのためらいがちな仕草を無視した。

「あなたが、ここに訪ねて来たってわけ？」

「ええ、そうです……」

「ジョージ、あなたに娘がいるなんて聞いていないわよ」

ジョージは言った。「この子は俺の娘じゃないんだ」

フランシスは表情一つ変えずにこれを受け止めたように見えた。そして足をテーブルのふちから下ろすと座りなおした。「っていうことはつまり……」

「ちょっと待っていてくれ、セリーナ……」

セリーナがジョージの方を向き、見つめたので、ジョージは彼女が混乱して困惑し、ことによったら少し傷ついているかもしれないと思い、言った。「少しの間、フランシスと二人で話してもいいかい？」

「ええ、ええ、もちろんいいわ」セリーナはちっとも気にしていないところを見せるために微笑もうとし、手に持っていた、タオルやスペイン語の文法書を、身軽になって素早く立ち去ろうとするかのようにさっと置いた。

「五分で済むから……」

「ボートに戻っているわ。あそこは涼しいから」

「ああ、そうしてくれ」

セリーナは素早く出て行き、下り階段を下りて見えなくなった。その時、今までテラスの塀の上で座っていたパールが起き上がり、伸びをして、身軽に飛び降りると彼女の後を追った。ジョージはフランシスの方へ向き直った。そして再び言った。「彼女は俺の娘じゃないんだ」

「それじゃあ、一体全体誰なの？」

「ロンドンからやって来たんだ。突然にね。俺のことを父親だと思って、探しに来たんだ」

「なんでそう思ったの？」

「俺の本の裏表紙の写真を見てさ」

「あなたが、あの子の父親に似ていたっていうの？」

「そうなんだ。実は彼は俺の遠い親戚でね。しかしそれはまあいいとして。あの子の父親は死んだんだ。ずいぶん前にね。戦争で殺された」

「父親が生き返ったなんて、彼女だって本気で思ってはいなかったのでしょ？」

「何かをとっても強く願ったら、どんな奇跡も信じられるんじゃないかな」

「ルドルフォは、あの子があなたの娘だって言っていたわよ」

「ああ、知っている。うわさは村じゅうにあっという間に広がったが、セリーナのために否定しない方が親切かと思ってね。あの子はここにもう二日居るんだ」

「ここに住んでいるの？　あなたと？　頭がおかしいんじゃない、あなた」

「あの子はそうするしかなかったんだ。旅行カバンは航空会社に失くされてしまうし、帰りのチケットは空港で盗まれてしまったんだ」

「何故、昨日それを言わなかったの？」

「君には関係のないことだと思ったんでね」この言葉は思いのほか乱暴に響いた。「いや、そういうつもりじゃなくて。ただ現状はね」

「カラ・フエルテのあなたの友達が何て言うかしらね、もし彼女が娘じゃないって知ったら？　あなたが嘘をついていたって知ったら……」

「彼女が帰ったら説明するつもりだ」

「それはいつ？」

「ロンドンから金が届いたらな。もうすでにルドルフォから六百ペセタ借りがあるし、また航空チケットを買わなくちゃならないのに、俺の金はバルセロナで足止めをくらっているんだ……」

「ただ、お金の問題ってこと！」ジョージは彼女をじっと見つめた。「それだけの理由で彼女はここにとどまっているの？　たったそれだけであなたは彼女を家に即座に帰さないでいたわけ？」

「十分な理由だと思うけどね」

「だってひどい、何故わたしの所へ来なかったの？」

ジョージは口を開き、理由を言おうとしたが、再び口をつぐんだ。

フランシスは疑っていた。「彼女がここに居たいって言ったの？　あなたが彼女を置いておきたかったの？」

「いや、もちろん違うよ。セリーナは帰るのを待ちきれないでいるし、俺も彼女を追い払いたくて仕方ないさ。だけど待っている間はそう迷惑でもないんでね」

「迷惑でない？　今まであなたから、そんなお人好しな言葉、聞いたことないわ。この状況は迷惑でないどころか、樽一杯のダイナマイトを抱えているみたいなものよ」

ジョージはこれには何も言わなかったが、背中を丸めて座り、その手はテーブルのふちの上で固く結んでいたため、こぶしが白く見えた。フランシスは優しく理解のあるところを見せ、手を彼の手の上に載せたが、ジョージは、これを払いのけることはしなかった。彼女は言った。「もう、打ち明けてくれたんだから、わたしに手助けさせて。今晩七時にサン・アントニオからバルセロナ行の便があるわ。ロンドンへの乗り継ぎもあるから、真夜中までにはロンドンに到着するはずよ。航空運賃と家まで帰れるくらいのお金はわたしが渡すから」ジョージはまだ押し黙ったままだったが、フランシスが続けた。「ダーリン、躊躇している暇なんてないわ。わたしが正しいし、あなたもそのことはわかっているでしょう。彼女はこれ以上ここにいちゃいけないのよ」

セリーナは桟橋の一番端で、カサ・バルコに背を向け、足を水の中に浸しながら座っていた。ジョージがテラスから階段を下りて着水台を横切り、たわんだ板張りを下りてくると、その足音が響いたが、彼女は振り返らなかった。彼が名を呼んでも、答えようとはしなかった。ジョージは、彼女の隣へしゃがみこんだ。

「聞いてくれ。話があるんだ」

セリーナが海の方へ身を乗り出し、ジョージに背を向けると、その髪はうなじから二つに分かれて顔の両側に垂れ下がった。

「セリーナ、わかってくれ」

「あなたはまだ、何も言っていないじゃない」

「君は今夜、ロンドンへ戻れるんだ。七時に飛行機がある。夜中か、遅くとも朝の一時には家に着くはずだ。フランシスが君のチケット代を出すって言っている……」

「あなたは、わたしに帰ってほしいの？」

「それは俺がそうしたいとか、君が望むとかいう問題じゃないんだ。俺たちは正しいことを、君にとって一番いいことをしなくちゃならないんだ。そもそも君をここに置いておくべきじゃなかった。もちろんやむを得ない状況が俺たちを惑わせたんだが。カラ・フエルテは君のような子にふさわしい場所じゃないってことに目を向けなくちゃ。かわいそうなアグネスは、何が起きているのかと、もう心配の限界まで来ている。俺は本当に、君は帰るべきだと思うよ」

セリーナは長い脚を水から上げると、膝をあごまで引き寄せ、まるでバラバラに崩れさりそうになる自分を守ろうとするかのように、抱きかかえた。

ジョージは言った。「俺は君を追い出そうというわけじゃない……君が自分で決めることだ……」

「親切ね、あなたのお友達は」

「手を貸したいんだ」

「もし今晩ロンドンへ立つのなら」とセリーナは言った。「もうそんなに時間が無いわね」

「俺が、サン・アントニオまで車で送っていくよ」

「いやよ！」セリーナは初めてジョージの方を向いて見つめ、ジョージが驚くほどの激しい口調で言った。「いやよ、あなたに来てほしくないわ。他に誰か送ってくれる人がいるはずよ！ルドルフォか、タクシーか、誰か。あなた以外の人じゃなくちゃ」

彼は心の痛みを見せまいとした。「ああ、もちろんさ、だけど……」

「あなたに送ってほしくないの」

「わかった。かまわないさ」

「ロンドンに着いたら、空港からアグネスに電話するわ。わたしはタクシーに乗り、彼女は家にいて、わたしを待っているでしょう」

まるでセリーナがもう行ってしまったかのようだった。そして二人とも一人ぼっちだった。彼女はたった一人で飛行機に乗り、一人でロンドンへ着く。寒いだろう。サン・アントニオから帰った後では、さぞかしとても寒いだろう。電話ボックスからアグネスへ電話をする。真夜中を過ぎ、アグネスは眠っていて、ゆっくりと起き上がるだろう。電話が、がらんとした住まいに響き、アグネスは起きて、ガウンをたぐりよせ、電気をつけて電話に出る。そしてその後、湯たんぽを満たして、ベッドに置き、ミルクを温める。

しかし、そこから先は、彼には想像がつかなかった。

ジョージは言った。「ロンドンへ戻ったら何をするつもり？　つまり全て片づいて、忘れ去ったら？」

「わからないわ」

「何も予定は無いの？」

少しして、彼女は首を横に振った。

「何か」彼は優しく言った。「楽しいことをするといいさ」

訳注1　半クラウン　英国の昔の二シリング六ペンスの白銅貨

訳注2　ボートハウス　ボートの格納庫

訳注3　ギンボー　ランプが波で傾かないようにバランスを守るガード

第十章

マリアの夫のペペに、セリーナを空港まで送ってくれるように、話を持ちかけてみることになった。ペペは正式にはタクシードライバーではなかった。しかし、年季の入った車をいつも覆いつくしている藁や鶏糞など、農業でついた汚れを洗い流し、迷える旅行者を、彼らの行きたいところまで乗せて行くことがあった。ジョージはフランシスの車を運転して、ペペを探して引き受けてくれるように頼むため、出かけた。セリーナはフランシスとネコのパールと一緒に、カサ・バルコに残り、出発の支度を整えていた。

たいして時間はかからなかった。セリーナはシャワーを浴びて、ファニタが愛情込めて縮ませてくれたジョージのズボンと、ストライプのシャツを身につけ、マリアの店で買ったエスパドリユを履いた。セリーナが着ていた上等なメリヤスのドレスは既に布切れとして、ファニタに譲ってしまったし、ビキニはとても小さかったので、彼女のバックの底に難なく収まった。それが全てだった。セリーナは髪をとかし、コートを手元の椅子に掛け、実のところは話したくなかったので気が進まないながらも、テラスに出て行った。テラスではフランシスがまた長椅子の上で横になっていた。フランシスは目を閉じていたが、セリーナが近づいてくる音がすると、目を開け、テラスの塀に腰かけに来たセリーナを見ようと頭を向け、顔を合わせた。

「荷物は全部詰めた？」フランシスが訊いた。

「ええ」

「早かったわね」

「服は無かったの。旅行バッグは紛失してしまったから。手違いで、マドリードへ送られてしまったの」

「そうした間違えは、よくあることよ」フランシスは起き上がり、煙草の箱に手を伸ばした。「吸う？」

「いいえ、ありがとう」

フランシスは自分に一本火を点けた。「わたしがおせっかいをして、あなたをこんなところから追い出したなんて、思わないでもらいたいわ」

「ええ、どちらにしても帰らなくてはならなかったの。早く帰れれば、それに越したことは無いわ」

「あなた、ロンドンに住んでいるの？」

「ええ、クイーンズ・ゲートに」と、自ら彼女は言った。

「素敵ね。サン・アントニオは楽しかった？」

セリーナは言った。「とても面白かったわ」

「あなたは、ジョージを自分の父親だと思っていたのよね」

「父かもしれないって思っていたわ。でもそれは違ったの」

「彼の本を読んだの？」

「まだ、きちんとは読んでいないけれど、家に帰ったら読みたいわ。帰ったらきっと時間があるでしょうから」と言ってからさらに言い足した。「とても素晴らしい成功ね」

「まあ、そうね」と言ってフランシスは、本の話題を片付けようとした。

「素晴らしい本だと思わない？」

「ええ、いいと思うわ。斬新で、独創的だわ」フランシスは煙草を長く吸い込むと、テラスの床に灰を落とした。「けど彼、次の作品は書かないでしょうね」

セリーナは額にしわを寄せた。「何で、そんなことを言うの？」

「だって、彼が次の作品を書くために、本腰を入れて努力するとは思わないから」

「作家のスランプに陥っているって、言われているんですって」

フランシスは笑った。「いい、あなた。それを言ったのはわたしなのよ」

「もしあなたが、彼には次の作品は書けないと思っているのなら、何故、スランプだなんて、言ったの？」

「だってそれは、ジョージが落ち込んでいたから、元気づけようと思ってね。彼は書く必要なんて無いのよ。お金は持っているし、書く労力を考えたら、単純に、割に合わないのよ」

「でも、次の本を書かなくてはいけないのよ」

「何で？」

「だって、約束したから。出版社がそれを待っているから。彼自身のために」

「ばかばかしいわ」

「ジョージに書き続けてほしくはないの？」

「わたしが望むとか、望まないとか、そんなことはたいした問題じゃないの。わたしはただ単に意見を言っているだけ。わかるかしら、わたしは画廊を経営しているの。四六時中芸術家たちの気質に触れ、その機嫌を肌で感じているわ。ジョージが創作力豊かな芸術家だとは思っていないだけ」

「でも、ジョージは小説を書かないとしたら、一体何をするの？」

『カラ・フエルテの祝祭』を書く前にしていた通りでいいのよ。何もしないということ。サン・アントニオでは、何もせずに、いつかそのうち《マニャーナ》、と言っているのが楽なの」と言って微笑んだ。

「そんなにショックを受けたような顔しないで。ジョージとわたしはあなたの倍も生きているのよ。四十にもなれば、あなたの幻想も輝かしい夢も、ちょっとは角が取れるわ。人生は、十八の時のように、そんなに誠心誠意、真面目な物ととらえる必要はないのよ……あなたは何歳……」

「二十歳……」とセリーナは言った。セリーナの声が冷ややかになったので、フランシスはやりこめたとばかりに嬉しくなった。フランシスは横になり、セリーナを見つめ、もう初めて会ったときみたいに恐れるには及ばないと思った。何故なら、セリーナはもう行ってしまうのだから。

三十分もすれば、旅路に着くのだから。空港へ、ロンドンへと、フランシスが知りたいとも思わない、クイーンズ・ゲートの生活へと帰って行くのだから。

シトローエンの戻って来る音が、この窮屈な静けさを破り、それにつづいて、だいぶ古いぺぺの車の、さえなく軋る音がした。セリーナは立ち上がった。「もう、タクシーが来たわ」

「あら、良かった！」フランシスは床で煙草をもみ消した。

「このお金、持って行ってちょうだい」

セリーナにはそれを受け取るのが耐えられなかったが、手のひらの上でフランシスが数えていると、ジョージが入ってきて二人のところにやってきた。ジョージもその間、セリーナと同じように、落ち着かない様子だった。だがジョージは、セリーナがロンドンに着いたら英国の貨幣がいるだろう、とだけ指摘したので、フランシスはアメリカン・エキスプレスの小切手にサインして、それもセリーナに手渡した。

「空港で現金に換えられるわ」

「ご親切に」

「お安い御用よ」とフランシスは言った。「気にすること無いわ」

「わたし……きっとお返しするわ……」

「ええもちろん、そうしてちょうだい」

ジョージが言った。「バッグはどこだい？」

「お部屋の中に」

ジョージは部屋からバッグを取ってきた。そしてセリーナからお金を取ると、安全で、見えにくいバッグの内ポケットに、大事に仕舞い込んだ。「また失くすなよ」と言った。「厄介ごとはごめんだぞ」それは受けない冗談のつもりだったが、すぐに後悔した。何故なら、二度とセリーナの面倒など見たくない、と言っているように響いたから。彼はすぐにフォローして言った。「パスポートは持ったかい？」セリーナはうなずいた。

「本当に？」

「ええ、もちろん」

「さあ、そろそろ行かなくちゃ、もうそんなに時間が無いぞ……」

彼女はゆっくりと、静かに、だが確実に追いやられる。二度と戻ってこないだろう。ゆっくりと、セリーナはジョージの後に続いて部屋に入って行った。彼はセリーナのベージュのコートを取ると、脇に寄ってセリーナを先に歩かせた。セリーナの背後では、フランシスが開け放たれたテラスの敷居のところで立っていた。

彼は極めて優しく言った。「ペペが待っているよ……」

セリーナは喉をごくりと鳴らすと、言った。「わたし、急に喉が乾いちゃったわ。何か飲んでもいい……？」

「ああ、もちろんさ」彼は井戸の方へと向かったが、セリーナが言った。「いいえ、わたしできれば、ソーダ水を頂きたいわ。さわやかで、冷たいから。お構いなく自分で取って来るから。冷蔵庫にあるの。すぐ戻って来るわ」

セリーナが飲み物を取りに調理室のカウンターの中へ消え、かがんで冷蔵庫を開けて冷えたビンを取り出すのを、ジョージとフランシスは待った。少しの間セリーナの姿は見えなくなったが、ビンをかかえて立ち上がるとそれを開けてグラスに注いだ。あまりに早く飲み干したので、ジョージは、きっとお腹が破裂するぞ、と言った。

「破裂なんて、しないわ」彼女は空のグラスを置くと微笑んだ。まるで、一杯のソーダ水が、彼女の全ての問題を解決してくれたかのように。「おいしかったわ」

彼らが日差しの中に出て行くと、ペペが待っていた。ペペはセリーナのコートを取ると、急いで整理してきた後部座席に、注意深く置いた。セリーナはフランシスにさよならを言い、彼女の全ての助力にお礼を言うと、ジョージの方へと向き直った。彼女は手を差し伸べることはせず、ジョージはキスすることもできなかった。彼らは、お互いに触れること無く、別れを告げた。ジョージは身が引き裂かれる思いがした。

セリーナは、古い車に乗り込んだ、硬直したまま、痛ましく、ゾッとするほど、傷つきやすく。ペペが彼女の横に乗ると、ジョージは最後の指示を五個も六個も出し、もし何かあったら、殺すぞと脅した。ペペは了解し、うなずき、古い車のギアを入れながら、すきっ歯を見せて笑いさえした。

車は軋みながらゆっくりと丘を登って行った。車が遠ざかって行き、もはや視界から消えてからもずっと、ジョージは見つめ続けていた。何故なら、エンジンの音がまだ聞こえていたから。

その夜、カラ・フエルテホテルでは盛大なパーティーが開かれた。あらかじめ計画されていたわけではなかったが、最高なパーティーがしばしばそうであるように、自然と盛り上がり、広がったもので、多種多様な国籍の人々が集い、恐ろしい量の飲み物が用意された。皆、とても陽気だった。太った女の子が、テーブルの上で踊ろうとしたが、ボーイフレンドの腕の中に落ちて来て、そのままずっと腕の中で眠ってしまった。船乗りの男が、波止場からやって来てギターをかきならし、フランス人の女がフラメンコをまねて踊ったのが、ジョージは人生で最高におもしろいと思った。しかしながら、深夜一時をまわる頃、ジョージは突然、カサ・バルコに帰る、と宣言した。ものすごいブーイングが起こり、場がしらけるとなじられ、今度はジョージが飲み物をおごる番だと、皆、主張した。だが、彼は帰る、とかたくなに言い張った。何故なら笑いが止まり、泣き出してしまう前に、帰らねばならぬ、と悟っていたから。泣き上戸の酔っ払いほどやっかいなものは無いのだから。

彼は立ち上がると頭にキーンと響くような音を出して、テーブルから椅子を引いた。フランシスが言った。「わたしも一緒に行くわ」

「君はここに泊まるんだろう、忘れるな」

「送っていくわ。戸口に上等な車が待っているというのに、歩いて帰ることもないじゃない?」

彼はこの言葉に屈した。そのほうが簡単で、喧嘩する手間もはぶけるから。外は温かい南国の夜で、星の光で明るかった。シトローエンは街の中心広場に停められていた。二人が車に向かって歩いているとき、フランシスが車のキーをジョージの手に滑り込ませ、言った。「あなたが運転して」

彼女はもちろん自分で運転できたが、時折、か弱い女のふりをしたがるのだった。だからジョージはキーを受け取り、ハンドルの前に座った。

彼はふと思った。自分の滑稽でおそまつな黄色いタイヤの車は、ただ単に島の移動手段に過ぎないのに対し、フランシスのシトローエンときたら、スピーディーで馬力があり、なんとなく彼女の性格からほとばしり出るセクシーさを感じさせるのであった。彼女はもうジョージの隣に座り、顔を上げて星を眺めている。その褐色の首筋はボタンを外し、大きく開いたシャツのVラインにしっかりとすわっていた。彼女がキスを待っていることはわかっていたが、ジョージは煙草に火を点け、エンジンをかけた。「どうしてキスしてくれないの?」と彼女が言う。「どこにどう転がっていたかわからない物に、口を付けちゃいけないって教わってきたからね」とジョージが言った。

「なんでも茶化すのね?」

「これは俺のイギリス流防衛反応でね」

彼女は腕時計に目をやった、星明りではっきりと見えた。「一時だわ、あの子、ロンドンに着いたかしら？」

「そのはずだ」

「クイーンズ・ゲート。わたしたちの想像を超えた世界ね、ダーリン」

彼は低い声で口笛を吹き始めた。一晩中頭の後ろから離れなかった調べを。

「彼女のことが心配じゃないの？」フランシスが訊いた。

「いや、してない。しかし俺が彼女を空港まで送って行くべきだったんだ。ペペは車だって言っているが、あのタイヤのついたミシンみたいなやつに乗せたりしないでね」

「彼女はあなたに送ってほしくなかったのよ。空港に着くまでずっとあなたにおいおい泣いて訴えて、あなたたち二人とも、どうしようもなくなっちゃうところだったのよ」

彼はこれには答えなかったが、フランシスは笑った。「あなたってエサに食いつかない強情な熊みたい」

「食いつくには、酔っぱらいすぎているよ」

「さあ、帰りましょう」

ジョージは運転しながら、あの呪わしい調べをずっと口ずさんでいた。カサ・バルコへ着くと、エンジンを切り、車から降りた。フランシスも続いて降りて来た。そしてまるで前からそのつもりであったように、彼と一緒に家に入った。家の中は涼しく、暗かった。ジョージは灯りをつけると、ためらうことなく自分に飲み物をつぎに行った。何故ならアルコールなしでは死んでしまうから、眠ってしまうから、わっと泣き出してしまうからだった。フランシスの前でこのような醜態をさらしたくはなかったのだ。

フランシスはまるで自分の家のようにソファーに身を投げ出した。片腕で膝を抱え、ちぢれ髪を空色のクッションにもたせ掛けた。彼は二人分の飲み物をつぎに行こうと手探りし、栓抜きを取り落とし、氷をこぼした。フランシスが「あなたの口笛ぞっとするわ、それしか知らないの?」と訊いた。

「この歌が何の歌なのかも知らないさ」

「じゃあ、とにかくやめて」

ジョージの頭はずきずきと痛んだ。そこここで氷が溶けて、水だらけになっているようだったが、ふき取るものも見つけられなかった。彼は飲み物を手に取り、フランシスが横になっているところまで運んだ。彼女は、ジョージの顔からじっと目をそらさずに自分の分を取り、ジョージは空の暖炉に背を向けて炉床に座り、自分の飲み物を両手に持った。

彼女は臆することなく言った。「気が付いていた、ダーリン? あなたわたしのこと怒っているでしょう?」

「俺が?」

「そうよ」

「だってわたしがあなたの可愛いガールフレンドを追い払ったからよ。そして自分でも心の中では、自分がそうしてやるべきだった、ってわかっているからよ。もっと早くにね」

「なんで？」

「俺は金が無くて、航空チケットを買ってやれなかったんだ」

「そんなの、こう言っちゃなんだけど、わたしからすれば、最も間の抜けた男の言い訳よ」

彼はうつむいて、グラスを見つめた。「ああ」と、しまいには言った。「おそらくな」

あの調べは、彼の心のどこかで、まだ続いていた。少しして、フランシスが言った。「あなたがペペを探しに行って、あの子が帰り支度をしている間、ちょっとあなたの机の周りをぶらついたけど、まだ、何も書けていないようじゃない」

「ああ、まだ一言も書けていないさ」

「ルートゥラント氏に返事は送ったの？」

「いや、それもまだだ。だけど」少しだけ恨みっぽくジョージは言い足した。「俺は専門家に診断を受けたんでね。作家のスランプに陥っているって、言われたよ」

「そうね」とフランシスはやや満足そうに言った。「ジョージのたちの悪さがやっと顔を出したわね。あなたがあからさまに話してくれるんなら、わたしも歯に衣着せずにしゃべれるわ。いいこと、ダーリン。わたしは、あなたがいつの日か次の作品を書く、とは思ってないのよ」

「何でそんなことが言えるんだい」

「それは、あなただからよ。あなたっていう人を知っているわ。書くっていうことはひどく骨が折れる仕事よ。だけどあなたは典型的ななまけ者の、母国を去ったイギリス男で、どこの国の人より、往生際が悪いのよ」彼は、思いがけず面白くなって、しぶしぶこれを認めた。フランシスはこれに元気づいて体を起こした。彼を笑わせることを忘れなかったからだ。「ジョージ、もしマラガへ行って、闘牛を楽しむ気が無いんなら、わたしも行かないわ。だけど一緒にどこか出かけましょうよ。エクリプスでサルディニア島を巡ったり、オーストラリアで陸路を行ったり、……ゴビ砂漠をラクダに乗って横断したりしてもいいわね」

「ラクダの前コブは俺だぞ！」

「また、なんでも冗談めかすのね。わたしは本気よ。わたしたちは自由だし、いくらでも時間があるのよ。どうしてタイプライターの前に座って苦しまなくちゃならないの？　この期に及んでまだあなたに書ける何か本当にいいことがあるっていうの？」

「フランシス、俺にはわからない」

彼女はクッションの上に倒れこんだ。グラスの中身を飲み干して空にすると、床の自分の脇に置いた。体を伸ばして横たわると、誘惑的で、けばけばしく、恐ろしいほど馴れ馴れしかった。彼女は言う。「愛しているわ、あなたはわかっているはずよ」

彼女と寝ない理由は無いように思われた。彼はグラスを置くと彼女の隣に座り、自分の腕の中に引き寄せ、あたかも溺れようと欲する者のようにキスをした。彼女は小さく喘ぐと彼の髪を手でよじった。彼は唇を離すと頬を彼女の上を向いた尖ったあごに這わせ、自分のザラザラした髭がフランシスの肌をこするのを感じた。彼女は彼の肩に顔をうずめ、その強い腕を万力のようにジョージの首に巻き付けた。

フランシスは言った。「愛してる?」しかし彼はこれには答えることができなかった。フランシスはかわりに「わたしのことが好き? わたしが欲しい?」と訊いた。

彼は首に巻き付いている彼女の腕をほどいて、自由になり、そのまま座って彼女の両手首を持ったまま、あたかも喧嘩でもしていたかのように向き合った。

フランシスは笑い出した。彼女の立ち直りの速さとユーモアのセンス。この二つをジョージは日頃から気に入っていた。「どうしてなの? ふらふらなんじゃないの」

彼は立ち上がり、煙草を探しに行った。フランシスは背後でソファーから身を起こし、髪を指でかき上げた。「ルドルフォのところに戻る前に、化粧直しがしたいわ。彼は考え方が古いでしょう。いろいろとね。あなたの寝室を借りても構わないかしら?」

「ああ」と言ってジョージは二階の電気を点けてやった。

フランシスは階段を駆け上がった。フランシスのサンダルのかかとが、木製の階段をたたきつけた。彼女は晩の間中ジョージを悩ませてきた歌を口ずさんでいたが、まだいくらも歌わないうちに、まるで誰かがラジオのスイッチをひねったように、この冷やかしの調べは止まり、フランシスは黙った。その静寂は、あたかも彼女が甲高い声で叫んだかのようにジョージには思われた。彼はうろつきまわるのをやめ、違和感に気づいた犬のように耳をそばだてた。

少しして、フランシスが再び階段を降りて来たが、その表情は全く読み取ることができなかった。ジョージは何も知らずに尋ねた。「上で何かあったの？　櫛は無かった？」

「知らないわ」とフランシスが言う。「探していないから。ベッドから向こうは探していないから……」

「ベッド？」彼は完全に困惑した。

「これって冗談なの？　これも比類なきイギリスのユーモアのセンスだっていうの？」

それからジョージは、フランシスが、恐ろしいことに、本気で怒っているのに気づいた。苦心して抑えた彼女の声は、爆発寸前で震えていた。

「フランシス、君はいったい何を言っているんだ。さっぱりわからんよ」

「あの子よ、あなたの娘の。セリーナよ。あなたがいつもそう呼んでいる。彼女がどこにいるかわかる？　ロンドンじゃなくて、サン・アントニオの空港ですらないのよ。いるわよ、この上に……」フランシスは震えながら指さし、伸びる限度を超えた輪ゴムのように、突如はじけるように言い放った。「あなたのベッドに！」

「まさか」

「じゃあ見に行ってごらんなさいよ。二階に上って見てみたらいいのよ」ジョージは動かなかった。「いったいどうなっているのか知らないけど。ジョージ。またあのちびの浮浪者をあなたのベッドで発見するために、わたしはペセタを大枚はたいたわけじゃないのよ……」

「あの子は浮浪者じゃないよ」

「もっとましな言い訳はないの？　スーツケースが無くなっただの、あなたがとっくの昔に死んだ父親だの……。そんなくだらない話、二度とだまされないわよ」

「あれは本当のことだ」

「本当ですって、このちくしょう、誰が信じるものですか？」フランシスは彼を怒鳴りつけ、ジョージもこれには耐えかねた。

「まさか戻って来るなんて思わなかった……」

「じゃあ、さっさと追い出してよ」

「そんな事はできない……」

「いいわよ」フランシスはバッグをひっつかんだ。「うわべを偽った哀れな物乞いに宿を提供するっていうんなら、どうぞご勝手に……」

「黙れ！」

「……だけど、あなたたちの評判を守るための面倒くさいたくらみに、わたしを巻き込まないでよね。わたしに言わせればそんなもの守る価値なんかありゃしないわ」彼女はドアへ向かい、パッと扉を大きく開けた。最後に振り返って侮蔑してやろうと思ったが、堂々として威厳を持って入ってこようとしたパールにわずかに邪魔された。パールはドアの外で、誰かが入れてくれるのを待っていたので、フランシスが開けたとき、ありがとうといわんばかりに小さくミャーオと鳴いて入ってきたのだ。

「もう、行ってくれ」ジョージはできる限り穏やかに言うと、「頼まれなくたって、出て行くわよ！」とフランシスが言って、ついでに立ち止まり、意地悪くパールを蹴り飛ばした。ドアの外へ出て行くと、背後で扉をピシャリと強く閉めたので、家全体が振動した。

つぎの瞬間、夜の静寂がシトローエンの耐え難い発車の音にバラバラに引き裂かれ、ギアを落としたハイスピードで丘を上がって行く音にジョージはゾクッとした。

ジョージは身をかがめてパールを抱き上げた。パールの心は傷ついたが、それ以上の被害は無かったので、ソファーの上にあるパールのお気に入りのクッションに座らせた。頭上でわずかに動きがあったので、ジョージは見上げた。セリーナがロフトの階段の手すりに手を載せて立ち、彼を見つめていた。彼女は襟にブルーのリボンの縁取りのあるネグリジェを着て、心配そうに言った。「パールは大丈夫？」

「ああ、大丈夫だ、ここで何しているんだい？」

「ベッドに入って寝ていたの」

「で起きて来たわけだ。何か上に着て降りて来なさい」

少ししてセリーナはロフトから降りて来た。素足ではあったが、おかしな白いシルクのガウンのリボンを結んで、ネグリジェとよく似合っていた。

彼は顔をしかめて言った。「それ、どこにあったんだい？」

セリーナは床をまっすぐに進み、ジョージの方へと歩み出た。「スーツケースが届いたの、マドリードから」まるで彼が喜んでくれるに違いないというように微笑み、ジョージは皮肉を言わずにはいられなかった。

「それじゃあとにかく、空港までは行ったんだな？」

「ええ」

「それで、今度はどうしたっていうんだい？　フライトが運休したのか？　飛行機に席が無かったのか？　ペペの車がパンクしたのかい？」

「いいえ、そんなことじゃないの」彼女の瞳は大きく見開かれ、青い目が白目にすっかり縁取られていた。「パスポートを失くしてしまったの」

「なんだって？」ジョージは苛立って、疑いの声を上げた。

「ええ、とってもおかしなことなんだけど。覚えている？　ここを出る前に、あなたがわたしに、パスポートを持ったか？って聞いたでしょう。ええと、その時はバッグの中に入っていたの。そのあといつバッグを開けたのか覚えていないんだけど、空港について航空チケットやなんかを買おうとして開けたら、無かったの」

彼女はジョージをじっと見つめ、彼がこの報告をどう受け止めるのか、読み取ろうとした。ジョージは、顔色一つ変えずにソファーに寄りかかっていた。

「そうか、それからどうしたんだ？」

「ええ、もちろん治安警察《ガルディア・シビル》に言ったわ」

「それで、なんだって？」

「えっと、とっても親切な人で、わかってくれたわ。それから少しして、わたしはここに戻った方がいいと思って。彼らがパスポートを見つけてくれるまで」

「彼らって？」

「治安警察《ガルディア・シビル》」

少しの間、どちらも口を開かず、二人は見つめ合った。

やがてジョージが言った。「セリーナ」

「なあに？」

「君は治安警察《ガルディア・シビル》が、パスポートを失くした者をどう扱うか、知っているか？　拘置所に入れるんだぞ。政治犯として、抑留するんだ。地下牢へ入れて、腐らせるんだぞ。パスポートが見つからない限りはな」

「あら、そんなことなかったわ」

「嘘をついているだろう？　パスポートをどこに置いたんだ？」

「知らないわ。失くしたのよ」

「ペペの車に置いてきたのか？」

「失くしたって、言っているでしょう」

「わかるか、ジュニア。スペインではパスポートはおもちゃじゃないんだぞ」

「おもちゃになんかしていないわ」

「ペペには言ったのか？」

「わたしはスペイン語が話せないんですもの、伝えられないわ」

「じゃあ、またここに送らせただけか？」

彼女は困惑して見えたが、勇敢にも「ええ」と言った。

「何時にここに着いたんだ？」

「十一時ごろ」

「俺たちが入ってきたとき、目が覚めたのか？」彼女はうなずいた。「それじゃあ、話をほとんど聞いていたんだな？」

「ええ、毛布をかぶって聞くまいとしたの。だけどドンゲンさんの声がよく通って。ごめんなさい、彼女はわたしのことが嫌いなのね」これにはジョージは何も言えなかったが、彼女は感情をおさえて話を続けた。セリーナの祖母が聞いていたらきっと上出来だと褒めてくれたであろう。

「ドンゲンさんと結婚するの？」

「君に何がわかるんだ？　君にはイライラさせられるよ」

「彼女は結婚しているの？」

「いや、今はしてない」

「ご主人はどうしたの？」

「知るものか……知るわけがないさ。死んだのかもな」

「彼女が殺したの？」

　突如、ジョージの手が独立した人格を持ったかのようだった。セリーナを捕まえて歯がガタガタ鳴るまで揺さぶり、横っ面を殴り、そのうぬぼれた表情を顔から叩き落としてやりたいという衝動に駆られた。ジョージはその手をズボンのポケットに滑り込ませ、このきわめて原始的な衝動を抑えるべくこぶしを握りしめたが、セリーナは、彼の内にそんな葛藤が起きていることなど知る由もなく、悪びれる様子もなかった。

「きっと彼女は、わたしを見つけてムッとしたんでしょうね。ここに残ってわたしの説明を聞こうともしなかった。かわいそうなパールを蹴っただけ……わたしのことを蹴るのならまだしも」セリーナがジョージをまっすぐに見つめると、ジョージはセリーナの無神経さにがっくりとした。「彼女は、あなたのことをよく知っているに違いないわ。あなたと話すときのことを言っているの。今晩のようなやり方。彼女はあなたと寝たかったのよね」

「とんだとばっちりを食うぞ、セリーナ」

「それに彼女は、あなたが次の本を絶対に書かないって、思っているみたい」

「あながち間違っているとは言えんよ」

「書こうとはしてみたの?」

ジョージはゆっくりと言った。「君には関係ないだろう」

それでも彼女は留まるところを知らなかった。

「書き出しもしないうちから、失敗を恐れているみたいだわ。ドンゲンさんの言った通りよ。あなたは典型的なまけ者の、母国を去ったイギリス男なのよ」(このとき、セリーナはフランスの口まねを、驚くほどに再現して見せた)「何もできないなまけ者のね。このイメージはあなたに似合っているから壊してしまうのは、ちょっと残念な気がするけれど。でも、その上あんなことを言われてもいいの? あなたは、書く必要が無いって、生活に困らないからって。それじゃあ、ルートゥラント氏との約束は破いてもいいっていうの? それって、どうでもいいことなの? あなたは彼との約束を簡単に破ることができるのよ。結婚するつもりだった彼女との約束を反故にしたのと同じようにね。」

考える間もなく、あるいは自分をコントロールする間もなく、ジョージの右手が押し込めたポケットから無意識に出て、彼女の顔をひっぱたいていた。強打した音は、紙袋を破裂させたような鋭いものだった。続いて起こる沈黙は、とても耐え難かった。彼がひりひりとした手のひらを脇腹に当ててこすっている間、セリーナは信じられないといった様子でジョージをじっと見つめたが、不思議と憤慨することは無かった。彼は煙草を吸うのを忘れていたことに気づいた。探しに行き、一本手に取ると火を点けたが、驚いたことにその手は震えていた。そしてやっと振り向いたとき、ジョージは愕然とした。セリーナが泣くまいと、こらえていたのだ。涙や、それに続く非難やお詫びの言葉なら、まだ我慢することができた。しかも謝るにはもう遅かった。彼はイライラして言ったが、冷たい口調ではなかった。「もう、行け、あっちへ行ってしまえ！」そして彼女が踵を返して、はだしの脚にガウンの白い絹をひるがえして、彼のベッドへと逃げていくときに、後ろから呼びかけた。「ドアをピシャンと閉めるなよ」しかし、そもそもドアなどあるはずもなく、このジョークはしらけ、大失敗に終わった。

第十一章

ジョージが目を覚ましたのは、すでに遅い時間だった。日の光の角度と、天井に映る水の反映と穏やかに床をこする音でそれと気づいた。ファニタがテラスを掃除していることを知らせていた。とっさにジョージは、今朝は二日酔いに見舞われるだろうと覚悟し、腕時計に手を伸ばして見ると、十時半だった。ここ何年も、こんなに長く寝過ごしたことは無かった。

当然激痛に悩まされるだろうと思って、恐る恐る頭を左右に振り、痛みが走るのを待った。何も起こらなかった。これに気を良くして、目をキョロキョロさせてみたが、全然痛くなかった。赤と白の毛布を脇に押しやって、そうっと体を起こした。奇跡だった。いつもと変わらない、いや、いつも以上の心地よさだった。爽快なうえに快活で、意欲に満ちあふれていた。

服を掴むとシャワーを浴び、髭を剃りに行った。顔を剃り終えると、昨晩のメロディーが頭に浮かんだ。今度は歌詞も一緒に出てきた。もはや遅かったが、ジョージはこの歌を口笛で吹くと、なんでフランシスが不機嫌になったのか、ようやくわかった。

あの娘の顔が頭から離れない
彼女とともに一日が始まるんだ

確かに、彼は鏡に映った自分にきまり悪そうに問いかけた。**どうしてそんなに感傷的になれるんだい？** それから服を着ると、古いレコードプレイヤーを探しに行き、フランク・シナトラのディスクの埃をはたいて、かけた。

フアニタはテラスを磨き終えていた。そしてこの音楽を聴くと、デッキブラシを置いて、中に入って来た。彼女の濡れた茶色い足跡がタイルの床に残っていた。

「旦那様《セニョール》」と彼女が言う。

「フアニタ！　おはよう《ブエノス・ディアス》」

「旦那様《セニョール》、よく眠れましたか？」

「よく寝すぎたみたいだな」

あの調べが忘れられない
昼に夜に吹いていたあの子の口笛が

「あの子《セニョリータ》はどこだい？」

「旦那様《セニョール》の船まで泳ぎに行きました」

「どうやって？」

「小型ボートに乗ってです」

彼は少し驚いて眉を上げた。「そうか、彼女にとってはいいことだよ。ファニタ、まだコーヒーはあるかい？」

「今、淹れます」

ファニタは釣瓶の水を引っ張り上げた。そういえばジョージはまだ煙草を口にしていなかった。一本見つけると、火を点け、恐る恐る訊いた。「ファニタ？」

「はい《シー》、旦那様《セニョール》」

「アメリカ人の彼女が、ゆうべ一人でカラ・フエルテホテルに泊まったかな……」

「いいえ《ノ》。旦那様《セニョール》」

彼は眉をひそめた。「どういうこと？」

ファニタはキッチンでやかんを火にかけていた。「彼女なら泊まっていません。旦那様《セニョール》。ゆうべ、サン・アントニオまで車で帰りました。ホテルの部屋は使っていません。ロシータがトメウにそう話して、それをトメウがマリアに話して、それから……」

「わかっているさ、マリアが君に話したんだろう」いずれにしてもファニタからその話を聞いて、ジョージは不届きながらも安堵した。だが傷ついたフランシスが殺人爆弾のような車を夜通し走らせて、サン・アントニオへ帰って行ったことを考えると、身も震えるような思いがした。彼は何事も起こらなかったことを祈った。事故に会わず、また、彼女を乗せた車が、どこかの側溝にはまったりすることの無かったことを。

彼はいかにも八方ふさがりの男がするように、首の後ろを掻き、テラスへと出てもう一つの頭痛の種を探した。双眼鏡を取り、エクリプスに焦点を合わせてみた。小型ボートはその船尾を上下に安らかに動かしていたが、セリーナらしき姿は無かった。

それにしても今日は、素晴らしい日だった。昨日のようによく晴れていた上に、より涼しく、たっぷりとした波が港の入り口から流れ込んでいた。松の木が、海風でその尖った樹冠を激しく揺らし、眼下ではさざ波が、心地よく着水台に打ち付けていた。目に映るあらゆる風景によって、彼は喜びに満たされた。青い空、碧い海、水上に穏やかに停泊するエクリプス、白いテラス、赤いゼラニウム。どれもよく見慣れていたが、今朝はまるで、魔法にかけられたかのように新鮮だった。パールが桟橋の端に座り、大好きな魚くずを見つけて食べていた。フランシスはサン・アントニオに帰ったし、フアニタがポットにコーヒーを沸かしてくれている。こんなにも心地よく、希望に満ち、楽天的になれたのは、いつのことだったのか。それを思い出すことはできなかった。まるで、嵐の前触れのような暗い憂鬱な中で何か月も暮らしてきた後、ようやく嵐が過ぎ去り、心の重圧から解放され、自由に呼吸することができるようになったかのようであった。

本来なら、お前は見下げた奴であり、自分で自分が嫌になり、良心の呵責に屈すべきだろう、と自らに言ってみた。しかし彼の身体的な快適さが、その良心よりまさっていた。ずっとジョージは手をテラスの塀の上に置いて身を乗り出していたが、それから体をまっすぐに起こして立ち上がった。すると手のひらが、塀の漆喰で真っ白になっていた。反射的にジーンズで手をぬぐおうとしたが突然、漆喰にかたどられ、顕微鏡でしか見られない地図のように繊細に描かれた、その指紋の渦巻きに惹きつけられた。彼自らの図、唯一無二である、ジョージ・ダイヤーの、自分自身が導き出した人生がそこにはあった。そして今なしていること、それはその指紋同様、比類なきものであった。

彼は特に自分に誇りを持っていたわけではなかった。長年の間、多くの人を傷つけ、不愉快な思いをさせて来た。そして昨晩は、その骨頂で、思い出すのも耐え難かった。しかし昨晩犯した罪のいずれも、今の彼のアイデンティティーを弱めることはできなかった。

彼女の顔が頭から離れない

レコードが終わり、ジョージは部屋に戻って、スイッチを切った。レコードプレイヤーの蓋を閉めると言った。「ファニタ」

彼女はポットにスプーンでコーヒーを入れているところだった。

「旦那様《セニョール》？」

「ファニタ、昨日の午後、マリアの旦那のペペが、あの子《セニョリータ》を乗せて、空港まで送って行ったことを知っているかい？」

「ええ、旦那様《セニョール》」とファニタは顔も見ないで言った。

「ペペは君に、あの子《セニョリータ》を連れて帰ってきたことを話したかい？」

「ええ、旦那様《セニョール》、村じゅうの者が知っています」

　それは、避けられないことだったが、ジョージはため息をつくと、めげずに質問を続けた。

「じゃあ、あの子《セニョリータ》がパスポートを失くしたって聞いたかい？」

「失くしたかどうか、ペペは知りませんでした。でも持っていないことだけは知っていました」

「けれど、セリーナは、空港で治安警察《ガルディア・シビル》に言ったんだろう？」

「わたしにはわかりません、旦那様《セニョール》」そう言うと、沸いたお湯をコーヒーポットに注ぎ入れた。

「ファニタ……」彼女が振り向かなかったので、ジョージはその手をファニタのむき出しの腕に置いた。すると彼女は急にこちらを振り返り、驚いたことに微笑みかけたのだ。ファニタの黒い瞳は楽しそうに輝いていた。「ファニタ……あの子《セニョリータ》は、俺の娘じゃないんだ」

「いいえ、旦那様《セニョール》」ファニタは慎み深く言った。

「知っていたなんて、言わないでくれよ」

「旦那様《セニョール》」と言って肩をすくめた。「彼女の振る舞いを見ていると、旦那様《セニョール》の娘じゃないようだったって、ペペは思っていたのだそうです」

「どんな風に？」

「とても悲しげだったそうです。旦那様《セニョール》」

「ファニタ、あの子《セニョリータ》は俺の娘じゃなくて、年の離れたいとこなんだ」

「そうでしたか、旦那様《セニョール》」

「今度はこれをマリアに話すかい？　そしてマリアがトメウに話して、トメウがおそらくロシータに話して、ロシータがルドルフォに話して……」二人とも笑い出してしまった。「俺は嘘はついていないが、本当のことを話してもいなかった」

「旦那様《セニョール》、心配には及びません。あの方が娘だろうと、いとこだろうと……」ファニタはいかにも取るに足りないことででもあるかのように、大きく肩をすくめた。「けれど、カラ・フエルテ村にとって旦那様《セニョール》は友人です。大事なのはそのことだけです」

ファニタがこのように雄弁に語るのは、珍しいことだった。ジョージは心を揺さぶられ、ファニタにキスをしたいと思ったが、互いに途方もなくはずかしい思いをすることはわかっていた。だからその代わりに、腹が減った、と言って、親しげに一緒にキッチンに立った。パンの入ったケースをのぞき、たっぷりとバターとアプリコットジャムをぬって食べるパンを見つけた。

いつものようにパンのケースはいっぱいで、古いパンの上に次々に補充されていた。彼は咎めるように言った。「ファニタ、これじゃあ汚いよ。底の方のパンには青い髭が生えているよ」と言ってそれを示すように、ケースをひっくり返して、パンを全部床に落として見せた。カビの生えたパンがすべて転げ出てきて、ファニタが底に敷いていた白い紙が落ちると、最後に濃い青色の薄いフォルダーが落ちて来た。

床の彼らの間に転がり、お互いに、相手のものであると思い込んで、もの問いたげに顔をじいっと見合わせていた。

「これは一体何だ？」

ジョージはそれを拾うと、手の中でひっくり返した。「これは、パスポートだ。イギリスのパスポートだ」

「でも、一体誰の？」

「あの子《セニョリータ》のだと思う」

ジョージは着想を得て、航海の始まりからではなく、旅の途中の、エクリプスがデロス（ギリシャの小島）港に入港した週から書き始めることにした。そして一連の回想シーンとして最初に戻り、この航海がどのようにして、具体化してきたのか、そもそもどの様に計画されたのかを、記すことにした。タイプ用紙は厚くなめらかで、タイプライターはよく整備されたエンジンのように心地よく走っていた。セリーナはまだ泳いでいた。そしてフアニタは、洗い場でジョージのシーツを棒石鹸で打ち付けながら、地元の恋歌を口ずさんでいたので、ドアをノックする音がしても、ジョージには聞こえなかった。

慎重にノックする音は、勢いよくタイプライターを打つ音にかき消され、ほとんど聞き取れなかった。少しして、ドアが押し開けられた。その動きが視界に入ると、ジョージは手をキーボードから浮かせたまま、目を上げた。

若くて背の高い、とても魅力的な男が立っていた。取り立てて変わったところのないビジネススーツを身に着け、ピンと張った白い襟にネクタイをしめ、その上、腹立たしいくらいに、フレッシュで涼しげに演出していた。その男は言った。「お邪魔してすみません。ノックしたのですがお返事が無かったものですから。こちらはカサ・バルコでしょうか？」

「ええ、そうです」

「それでは、あなたが、ジョージ・ダイヤーさんですね」

「ええ、いかにも……」と言ってジョージは立ち上がった。

「わたしは、ロドニー・アックラントと申します」訪ねて来た男は、明らかに、なにがしかお互いを認識する形式的な挨拶をしなくては、話は続けられない、と思っているようであった。そして部屋を突きってやってくると、ジョージの手を取り握手した。

「はじめまして」ジョージはしっかりと、手を握られたのを感じた。いたって信頼できる、鋭敏で真っ直ぐな目。だがしかし、付け加えるとすると、うんざりするほど退屈だった。

「セリーナ・ブルースが、こちらにお邪魔していると思うのですが？」

「ええ、そうですね」ロドニーはちょっと困惑してあたりを見まわした。「彼女は今、泳いでいるよ」

「わかりました。ええと、少し釈明させてもらった方がいいかと思うのですが。わたしはセリーナの弁護士です」これにはジョージは何も言わなかった。「そもそも彼女は、間接的にはわたしのせいで、サン・アントニオへ旅に出てしまったのではないかと、危惧しているんです。わたしがあなたの本をプレゼントしたので、彼女はあなたの写真を見て、自分の父親だと確信してしまいました。ここにあなたを探しに行きたいと言い、わたしにもついて行くように頼んだのです。あいにくボーンマス（イングランド南部の市）へ出張して、とても大事な取引先に会わなくてはならなかったのです。ロンドンへ帰って来てみたら、セリーナは行ってしまっていたんです。その時には、彼女が旅立ってから、三、四日たっていました。もちろんわたしはサン・アントニオへできる限り早い飛行機に乗って来ましたが……。それで、彼女を連れ帰った方がいいかと思っていまして」彼らは互いに目を見合わせた。ロドニーは言った。「もちろん、あなたは父親ではないですよね」

「ああ、違うさ。彼女の父親は死んでいるよ」

「しかしながら、とても似ていますね、わたしですらそう思います」

「ジェリー・ドーソンは、俺の遠縁のいとこでね」

「驚くべき偶然の一致ですね」

「ああ」とジョージは言う。「驚くべきな」

最初ロドニーは少し戸惑って見えた。「ダイヤーさん、よく状況が飲み込めないのですが……セリーナの訪問はかなり型破りなものですし、またどれだけ自分のことを話しているかわかりませんが。しかしながら、彼女はいつも父親に対して、本当のところ一方ならぬ憧れを抱いておりまして……。祖母の手で育てられたので、控えめに言っても、変わった幼少期を過ごしているんです……」

「ああ、セリーナから聞いている」

「もしあなたが事実を知っているのであれば、わたしたちの思いは一つだと思います」

「ああ、そうだろうと思うよ」ジョージはニヤリとして付け加えた。「好奇心から聞くだけなんだけど、もし俺が本当にセリーナの父親だってことがわかったとしたら、君はどう反応していたかな？」

「ええと……」しばし言葉を失い、ロドニーは口ごもった。「ええと、わたしは……え ー」それから軽く冗談でかわそうと決心して、勇敢にも笑った。「おそらくワインと食事でおもてなしして、あなたに許しを請うでしょう」

「俺の許し？」

「はい、もちろん少々申し出が遅くなりましたが、わたしたちは、既に婚約しておりまして。来月には結婚するんです」

ジョージは言った。「何だって、もう一回言ってくれ」そしてこの言葉はジョージが唖然とした様子を如実に表していた。ここ何年もの間、ジョージは無用に形式ばった表現は使ったことがなく、ブラッダーフォードでの日々の優雅なパーティーや、狩猟の会の時に催されるダンスパーティー以来のことで、すでに忘却の彼方にあると思っていたのだ。しかしながら、またこの「婚約」という言葉がやって来た。再び戻ってきてしまったのだ。彼の潜在意識にかなりの衝撃を与えて。

「わたしたちは既に、婚約しておりまして、あなたは、きっとご存じだと思いますが？」

「いや、知らないな」

「つまり、セリーナがあなたに言わなかった、っていうことですか？　彼女はひどく変わった女性です」

「何故彼女が俺にそれを言う必要があるんだい？　彼女が婚約していようがいまいが、俺には関係のないことだろう」

「ええ、しかし、これは重要なことだと思いませんか。彼女が最初に言うべきことです」**うぬぼれた気取り屋め**、とジョージは思った。「しかしこれは本題ではありません。あなたにもかかわっている以上、きっと、わたしが彼女をできるだけ早くロンドンへ連れ帰った方がいいことは、ご理解くださるでしょう」

「ああ、もちろん」

ロドニーはゆっくりとジョージのそばを通って、テラスの外へ出て行った。「何て素晴らしい眺め！　セリーナは泳いでいるって、おっしゃっていましたっけ？　見当たらないのですが」

ジョージが横に立った。「そんなことはない。彼女はえー、ヨットの向こう側に居るよ。俺が彼女を連れてこよう……」とは言ったものの、考えてみれば、ボートはセリーナが乗って行ってしまって、連れ戻しに行かれなかった。だがトメウのいとこのラファエルからボートを借りれば行かれるはずだ。「さあ……ここで待っていてもらえますか？　座って、楽にして、長くはかからないから」

「一緒に行かない方がいいですか？」ロドニーが気乗りしない様子で言ったので、ジョージは「ああ、大丈夫だ。ボートは魚のうろこがいっぱい付いていて、君のスーツを台無しにしてしまうよ」と答えた。

「そうですか、そうおっしゃるのなら……」ロドニーはジョージの目の前で竹製の椅子を日差しの中に引っ張ってきて、優雅に身を沈めるように腰かけた。その姿はいかにも外国で目にする品のいいイギリス人そのものであった。

ジョージは、トメウのいとこであるラファエルのボートを、幾度も悪態をつきながら引っ張って来て、着水台から水の中へ下ろした。それは、長くて、重たく、操縦しづらいものだった。ボートには、オールが一本しか付いておらず、ジョージは馴れないともがいで漕ぐしかなかった。ジョージはそもそも腹立たしかった。というのも、ロドニー・アックラントは、スベスベの退屈そうな顔、淀みない滑らかな声に、しわの無いチャコール・グレイのスーツに身を包んで、カサ・バルコのテラスから見つめていたのだったから。ジョージは左右に揺れながら、汗をかいて、悪態をつきながら進んでいった。海を突きって、エクリプスが横たわっているところまで。

セリーナの名を呼んだが、返事は無かった。

ジョージはこの扱いにくいボートを苦労の末、エクリプスの船尾のもやい綱まで操って行った。するとセリーナが、離れた岸辺の岩の一つに人魚のように座っているのがすぐに見つかった。松の木の間に、小さなウエディング・ケーキのような別荘が見え隠れしており、セリーナはその家の水遊び用の階段を昇ったのだった。腕で膝を抱えたセリーナの髪は、アシカの毛のように濡れてぴったりと首筋に張り付いていた。ラファエルのボートはエクリプスの船首から向かって左側の船べりの下まで滑って来た。ジョージは重いオールをしまい、立ち上がって、手をメガホンのように口元に丸めて、彼女の名をもう一度呼んだ。

「セリーナ！」まるで激高しているかのような声が響くと、セリーナはすぐに顔を上げた。「こっちにおいで、話すことがあるんだ」

一瞬ためらって、立ち上がると、白い階段を降りて、水に入り、彼の方へと泳いで戻ってきた。ボートまでたどりついたものの、船べりが高すぎてセリーナには昇れなかったので、ジョージはセリーナの肩の下から手を入れて持ち上げてやらなければならなかった。濡れていて、捕れたての魚のようにしずくがしたたっていた。彼らが二つの腰掛に互いに向き合って座ると、セリーナが言った。「ごめんなさい、小型ボートを使いたかったのね？」

彼は、ふと思った。どんな女でも、自分から何か話す前に、昨晩彼がしたことに対して、お詫びの言葉を求めただろう、と。しかしセリーナは他の女たちとは違っていた。

「わたしが乗って行ってしまって、ご迷惑じゃなければよかったけれど……」

「いいや、もちろんそんなことは無いさ」

「下に降りて行ったら、あなたはぐっすり眠っていたの。わたしがファニタを入れてあげなくてはならなかったわ」彼は、セリーナが何を話しているのかほとんど聞くことなく、見つめた。彼女がロドニー・アックラントと結婚するという衝撃の事実。そしてすでに婚約していたのに、ジョージには一言も言ってくれなかったという事実に、自分のなかで折り合いを付けようとしていた。

「……それと、あなたのお友達は大丈夫かしら、そんなに怒っていなければいいんだけれど」

「俺の友達？　ああ、フランシスか。彼女が怒っているかいないかは知らんが、ゆうべサン・アントニオまで帰ったよ。いずれにしても、君のせいじゃないさ。彼女はきっと気分が落ち着いて、全て忘れてしまうだろう」

「わたしはカサ・バルコに帰って来るべきじゃなかったのね。今思えば、でも……」

彼は、これ以上耐えられなかった。「セリーナ」

セリーナは眉をひそめた。「何かあったの？」

「聞いてくれ、カサ・バルコで君を待っている人がいるんだ。彼は君をロンドンへ連れ戻しに来たんだ。ロドニー・アックラントさんだ」

彼女は急に黙り込んで動かなくなってしまった。唇が「ロドニー」と動いたが、音は出てこなかった。

「彼は、昨晩ロンドンから飛んで来たんだ。ボーンマスから帰って、君が一人でサン・アントニオへ行ってしまったことに気が付き、一番早い便に乗ったんだ。俺は君の父親じゃないってことは話したよ。彼は特に驚いた様子もなかったと言わざるを得ないがね。ただ、君と話したがっていたよ」

　そよ風が冷たく吹き、セリーナは身震いした。ジョージは自分が買ってやったビキニの下に、細い金のネックレスが隠れているのに気づいた。しかし今や、それは堅信礼のときのクロスを下げているのではないことがわかった。ジョージは手を伸ばしてチェーンを掴むと、引っ張り上げて表に出るように下げてやった、ロドニー・アックラントから贈られた、サファイヤとダイヤモンドのエンゲージリングが、ジョージの目の前で揺れてくるくる回転し、美しくカットされた全ての面から、鋭い陽の光が矢のように飛び散っていた。

「セリーナ、どうして君は何も話してくれなかったんだ?」

　その瞬間、セリーナの瞳は、そのあごの下にぶら下がっているサファイヤとほとんど同じ青色に見えた。「わからないわ」

「君はロドニーと婚約しているんだろう?」セリーナはうなずいた。「来月彼と結婚するんだろう?」再びうなずいた。「だけどどうして全て秘密にしておかなければならなかったんだい?」

「秘密じゃないわ。わたしは、あなたのこと、ロドニーに話したわ。ジョージ・ダイヤーは父じゃないかと思うって言ったの。一緒にあなたを探しに行ってほしいって頼んだわ。だけど彼はできなかった。仕事でボーンマスへ行かなければならなかったから。わたしが一人で行ってしまうなんて、思ってもみなかったのよ。彼は言ったわ。もしあなたがわたしの父だったとしたら、突然わたしが現れればあなたを困らせることになるって。そしてもし、父じゃなかったら、とにかく骨折り損になるって。彼は、自分の素姓を知ったり家族を持ったり、誰かと心からつながったりすることが、どんなに大切なのかを理解してくれていないみたいだったの」

「彼のことはだいぶ前から知っていたの？」

「わたしが幼いころから。彼の会社は、わたしのおばあ様の問題を面倒見てくれていたわ。おばあ様は彼のことが大好きだったし、わたしが彼と結婚すればいいって思っていたことはわかっているわ」

「そして今、その通りにしようとしているんだね」

「ええ、結局はいつもおばあ様の望むことをしてきたわ」ジョージの黒い瞳が、急に哀れみ深い色をたたえたが、セリーナは気の毒に思われるのに耐えられなかった。「わたしたちはクイーンズ・ゲートから引っ越すのよ。素敵なマンションを新街区に見つけたの。あなたにも見てもらいたいわ。とても日当たりが良くって、眺めも素晴らしいの。アグネスも来てわたしたちと一緒に住むのよ。もうウエディングドレスも買ったの。純白でとても長いのよ。ひきずるくらい裾が長いの」

「だけど君は、エンゲージリングを隠して身に着けていたね。指にもはめずに」

「あなたが父だと思っていたわ。初めてお会いするのにわたし自身として会いたかったの。他の誰のものでもなく、誰の人生にも属さない人として」

「彼のことが好きなのか？」

「同じ質問を昨日あなたにしたわ。でもあなたは、答えようとしなかった」

「それとこれとはわけが違うよ。俺たちが話していたのは俺の過去のことだ、けれど今は君の未来のことを聞いているんだよ」

「ええ、わかっているわ、それだから重要なのね」

彼はこれには答えなかった。するとセリーナは首の後ろに手を回して、金のチェーンを外した。滑り落ちた指輪を手で受け止めると指にはめ、再びチェーンを首にかけた。その全ての動きはわざとらしく、全く落ち着いていた。彼女は言う「ロドニーを待たせちゃいけないわ」

「ああ、もちろんだ。ボートを戻してくれ。俺はこのひどくガタガタのラファエルのボートで追いかけるから。だけど、さよならも言わずに、こっそり帰らないでくれよ」

「そんなこと、するはずないわ、わかっているでしょう」

少しすると、ロドニーは、テラスで待つには暑すぎると思った。上着を脱ぐこともできたが、サスペンダーを着けていたので、その格好で座っているのは何か品が無いように思えて、竹製の椅子から降りると涼しい家の中へ入って行った。彼は部屋をうろつき回り、その型にはまらない部屋のスタイルを理解しようと努めていると、いつの間にかセリーナが音もたてずにテラスの階段を昇って来て、彼の名を呼んだ。

ロドニーは一瞬立ち止まり、さっと振り向いた。彼女が開け放たれたドアの敷居のところに立っていて、彼は、信じられないと言った表情で見つめた。一人の人が、こんなに短い間にこれ程変わることができるなんて、信じられなかった。彼はいつもセリーナのことを変わり映えのしない人間だと思っていた。白っぽい肌に淡黄褐色の髪、明るい青色の、シャムネコのような瞳だけがお愛想だった。しかし今は違った。肌は褐色に焼けていたし、さっきまで泳いでいたので髪はまだ濡れていたものの、日に当たってところどころ脱色していた。ビキニを着ていたが、彼の目にはほとんど悪趣味に映っていたし、彼女がそこに立って、彼をじっと見つめていると、テラスで日光浴をしていた大きな白いネコがやって来て人懐っこく彼女の素足の足首に巻き付いた。

この瞬間、気まずい空気が流れた。

やがてセリーナが口を開いた。「こんにちはロドニー、びっくりしたわ」声のトーンを上げてしゃべろうとしてみたが、最後の言葉は悲しいくらい抑揚がなくなっていた。

「ああ」とロドニーが言った。「そうだろうと思ったよ」彼がロンドンから旅してきて、一晩中そのスーツを着て背筋を張って座り、村から石ころと埃だらけの道を歩いてカサ・バルコまでやってきたとは、にわかには信じがたかった。あきらかに靴が白い埃を薄く被ってはいたが、その他の点では家にいるときと変わらず、完璧に見えた。彼はやって来て、手をセリーナの肩にのせてキスをし、少し押し戻すと、そのビキニを咎めるようにわずかに眉を上げた。「何ていう格好をしているんだい？」

セリーナは肩をすくめた。「泳ぐにはこれしかなかったの」洗濯ロープにジョージの古いタオル地のガウンが掛かっていたので、それを取って来ると上に羽織った。タオル地は塩分と太陽でごわごわに乾いていて、ジョージの匂いがした。それをぴったりと体に巻き付けると、何故かはわからないが何かしら慰められ、セリーナは勇気づけられた。

ロドニーが口を開いた。「君は言うことも聞かずに、僕に知らせることなく出て行ってしまったから、心配で頭がおかしくなりそうだったよ」

「そうね、あなたはボーンマスへ行っていたのよね」

「帰ってくるなり君の家へ電話すると、アグネスが、君がどこにいるか知らせてくれたんだ」そして付け加えて言った。「もちろん、すぐに乗れる便に乗って来たんだ」

「親切ね、ロドニー」

「家に帰らないか？」

「もっと前に帰ろうとしたのだけれど、空港でお金を全て盗まれてしまって、帰りの航空チケットが買えなかったのよ」

「知らせてくれればよかったのに。君が帰国できるように幾らか電信で送ったのに」

「わたしは……あなたの手を煩わせたくなかったのよ。それに」それから正直な気持ちがあふれ出た。「あなたはすぐに、『だから言っただろう』って言うと思って。だって、あなたが正しくて、わたしは間違っていたのだから。ジョージ・ダイヤーはわたしの父じゃなかった……父じゃないのよ……」

「ああ、そうだろうと思っていたよ」

「でもわたしは、自分で確かめなくてはならなかった。わかる？」セリーナは、ロドニーにわかってほしいと訴えていたのだが、ロドニーはこれを誤解してとらえた。

「しかしそれでも、探すのは僕に任せてもらいたかったと今でも思っているよ」

「でも一緒に来てってお願いしたわ。あなたに一緒に来てほしかったのよ。でもあなたは来ようとしなかった」

「来ようとしなかったんじゃなくて、来られなかったんだ。わかるだろう」

「あなたは、何夫人だったか名前は忘れてしまったけれど、約束を延期することができたはずだわ」

「セリーナ！」彼は深い衝撃を受けた。そしておそらくこの時初めて彼女の変化は、身体的なことだけではなく、もっと深刻で、いっそう複雑であることを悟ったのだった。

　彼女は大きく息を吸い込んだ。

「いずれにしても」と言った。「わたしは後悔なんてしていないわ。ジョージがわたしの父じゃなくても、ここに来て本当に良かった。もしお望みであれば、わたしはもう一回同じことを繰り返すでしょう」

それは、堂々たる、口論への誘いであったが、ロドニーが返す言葉を考え出す前に、ジョージ・ダイヤー自身がテラスの階段を昇って二人のところにやって来た。ジョージは腕にネコを抱え、機嫌よく会話に口をはさんだ。

「いやあ、良かったじゃないか？　二人がまた再会できて。飲み物でも飲んで涼むのはどうかね？」

「いや、飲み物は結構です、ありがとうございます」とロドニーが堅苦しく言う。

「それじゃあ、煙草は？」

「いえ、今はいりません」ロドニーは咳払いをした。「できるだけすぐにロンドンへ帰るのがいいのではないかと、セリーナに話していたところです。今、タクシーをカラ・フエルテホテルに待たせているんです。すぐにでも空港へ戻れます」

「用意がいいね」ジョージ・ダイヤーが言う。

ロドニーはジョージが笑っているのではないかと素早く様子をうかがったが、その黒い目はいたって真面目であった。ロドニーはまだ心配なようで、セリーナのほうを向いた。「荷物をまとめた方がいいよ。どこに泊まっているんだい？」

長い沈黙があった。ロドニーはセリーナを見た。セリーナはジョージを見てから、またロドニーを見た。ジョージは無頓着にパールを撫でていた。

セリーナは言った。「ここよ」

ロドニーは、明らかに目に見えて青ざめた。「ここに?」

「ええ、ここよ。カサ・バルコに」

「ここで寝ていたのか?」

「他に行く所もなかったし……」

セリーナはかすかに震えた。ジョージには彼女が不安になっていることがわかった。しかしロドニーはそれに気づかない様子だった。というのも口を開くと冷淡な声でこう言ったからだ。

「それは少し、非常識じゃないか?」

急にジョージはパールを手元の椅子に移すと、話に加わってきた。「俺はそうは思わんがね。忘れてもらっては困るが、セリーナは俺のいとこなんだ」

「しかしどれだけ遠縁かっていうことも忘れてはなりませんね。それに、いとこうんぬんということはまったく重要ではない」

「それじゃあ、何が重要なのかね?」

「そのう、セリーナは、招かれもしないのに、事前にお知らせもせずここにやって来ました。あなたのことを全く知らないのに。そしてあなたは彼女をここに泊めました。この家で一緒に暮らしているのです。わたしにわかる限りでは、実質的に同じ部屋に寝ているのです。あなたが自分の評判を気にする必要のないことはよくわかりますが、セリーナのためには他の方法があったはずです」

「おそらく我々はそれを望んではいなかった」とジョージが言った。

ロドニーはかっとなった。「残念ながら、ダイヤーさん。我々の見解は明らかに違っている。あなたの考え方には我慢できない」

「それは、失礼」

「あなたはいつも、そんなふうに、きちんとした作法に配慮しないのですか？」

「ああ、そうだ。それに、君の言う作法というのは、わたしのやり方とは違う」

この瞬間、ロドニーは彼を殴り倒してやろうか、という思いを漠然と抱いたが、ジョージという男は全くお話にならないので、無視することに決めた。ロドニーはセリーナの方へ向き直った。

「セリーナ……」彼女は明らかにびくっとした。「申し訳なかった。君に罪は無いよ。これは決して君のせいではない。僕にはこのことを全て忘れる用意がある。しかしながら、ここであった事はロンドンへ帰ったら決して言いもらしてはならない、っていうことだけは念を押しておくよ」

セリーナは彼を深々と注視した。その顔はスベスベとして、きれいに髭が剃られている。しわが全然無いように見えたので、年を取って、経験を積み、心地よくくたびれていく様子が想像だにできなかった。彼は八十歳になってもこのまま、人間味もなく、冷静で、洗ってアイロンをかけたばかりのシャツのように温かさに欠けたままなのだろう。

彼女は言った。「何故なの、ロドニー？」

「いや僕は……僕はね、アルトゥールストーン氏の耳には入れたくないんだ」

それは滑稽な返答で、笑うしかなかった。アルトゥールストーン氏は関節炎の膝を抱えながら、セリーナを祭壇へ導くことになっていたのだ……一体、アルトゥールストーン氏と何の関係があるっていうのだろう？

「さて、そろそろ」そう言いながら、ロドニーは腕時計をチラッと見た。「もう時間を無駄にできない。何か服を着て、出発しよう」

ロドニーがそう言ったとき、ジョージは煙草に火を点けようとしていた。

するど、彼はマッチを振り払って煙草を口から離し、言った。「彼女は君と一緒にロンドンへは帰れないんだ。パスポートを失くしてしまってね」

「彼女が……何ですって？」

「パスポートを失くしてしまったんだ。昨日だ。非常に奇妙なことだがね」

「それは本当か、セリーナ？」

「えっ……ええ、そう……」

ジョージはセリーナにはしゃべらせなかった。「もちろん本当だ。アックラントさん。あなたにはこの国の事情がどんなものだかわからないでしょう。手が届きさえすれば、口から金歯だって盗まれかねない」

「けれど君のパスポートだ。セリーナ、君は事の重大さがわかっているのか？」

「あの……わたし……」セリーナは口ごもった。

「イギリス領事にはもう届けたのか？」

「いいや」とジョージが言い、もう一度話を引き取った。「だが空港の治安警察《ガルディア・シビル》には話したさ、とても理解があって力にもなってくれたよ」

「ただちに拘置所に放り込まなかったなんて驚きですね」

「俺もかなり驚いたがね、もちろん。かわいい笑顔がスペインでも役に立つなんて、素晴らしいことだ」

「しかし、どのような手立てを考えたらいいのか？」

「まあ、俺に聞くのなら、君はタクシーに乗り、ロンドンへ戻るといいだろう。セリーナはここに、俺のところに置いていくことを勧めるよ……まあ、落ち着きたまえ」ジョージはロドニーが激怒して抗議するのを押しとどめた。「本当に最善の策だと思うがね。君はロンドンから行政に何とか働きかけることができるし、我々は協力して彼女を拘置所に送らなくても済むようにできるだろう。それから、あまりしきたりには気を遣いすぎないように、ねぇ、君。結局のところ俺はセリーナの、おそらく最も近い親戚だろうし、彼女の責任を負う覚悟はとうにできているんでね……」

「責任？　あなたが？」彼はセリーナに最後の訴えかけをした。「もちろん、君はここに残りたくないだろう？」ロドニーは、セリーナを一人ここに残して行くことを考えるだけで、今にも爆発しそうだった。

「ええと……」セリーナの戸惑う様子を見たロドニーには、セリーナの答えがはっきりとわかった。

「君には驚かされるよ！　その身勝手さには仰天するよ！　君は気づいていないようだけど、これはセリーナ、君の名声だけに留まらないんだぞ。僕にも守るべきいささかの評判っていうものがあるんだ。君の態度は信じられない！　アルトゥールストーン氏が何て言うか、考えてもぞっとするよ」

「けれどあなたは、アルトゥールストーン氏に説明できるわ、ロドニー。あなたはきっと、アルトゥールストーン氏に釈明できるわ。そして……説明するときに、やっぱりもうわたしを祭壇に導く必要のないことを話してくださらない？　本当にとても申し訳ないのだけれど、きっとある意味ではあなたもホッとするはずよ。結局のところ、何が起ころうと、わたしはあなたの重荷でしかないのよね。そして……どうぞ、この指輪を……」

　彼女は指輪を手のひらに載せて差し出した。きらめくダイヤモンドと深い青のサファイヤの、彼がセリーナを自分と永遠に結びつけるだろうと思っていた指輪を。彼はおおげさな身振りで指輪を取り、テラスの塀から海の向こうへ投げることができたら、という衝動にかられた。しかしその指輪に大枚はたいたことを考えると、彼は自尊心を飲み込んで、受け取った。

「ごめんなさい、ロドニー」

　品位を保つためには、男らしく沈黙するしかなかった。ロドニーはくるっと背を向けてドアへと向かった。しかしジョージが先に行ってドアを開けていた。「なんの収穫もない訪問で、気の毒だが。今年もトップシーズンになったら、カラ・フエルテへ来たまえ。きっと水上スキーやスキューバーダイビング、スピアフィッシングが楽しめるよ。君のためにはいいことだと思うよ」

「ダイヤーさん、わたしとわたしの共同経営者が、この事であなたを許すとはお考えにならないでください」

「俺もそうは全く思っていないよ。きっとアルトゥールストーン氏が袖を振って利口なアイデアを出してくるだろう。そしてそのうち俺は堅苦しい手紙を受け取ることになるだろうさ。村まで送らなくても大丈夫かな?」

「結構です。歩いていきます」

「ああ、わかった。お好きなように《シャカーン・ア・サ・グー》。お会いできて光栄です。さようなら」

　しかし、ロドニーは挨拶を返さずに、怒りで押し黙ったまま、ただ足早に家を出て行った。ジョージは彼が無事に丘を登って行くのを見届けると、後ろ手にドアを閉めた。

　彼はセリーナの方に向き直った。彼女はまだ部屋の真ん中で、ロドニーが立ち去って行ったたままの状態で立っていた。まるでまたもやひどい口論が起こるのではないかという面持ちのセリーナに、ジョージはただ穏やかな声で言った。「よく考えた方がいいよ。考えてもご覧。ああいう男と結婚でもしようものならどうなるかってね。君は人生の半分を、ディナーのために着替えることに使い、あとの半分を長々しい言い回しを辞書で調べることに使うようになるぞ。それと、そもそもアルトゥールストーン氏って一体誰なんだい？」

「ロドニーの会社の上司なの。とても年取っていて膝が関節炎で」

「それで、彼が君と一緒にバージンロードを歩くことになっていたの？」

「他には誰も居なかったから」

それは寂しい告白であった。ジョージは言った。「君はアルトゥールストーン氏のことを言っているのかい、それともロドニーのことを言っているのかい？」

「両方だわ、多分」

「ひょっとして」ジョージは穏やかに言った。「君はファザーコンプレックスに見舞われていたのかもしれないいな」

「ええ、多分そうだったのだと思うわ」

「それじゃあ今は？」

「もう悩んでいないわ」

彼女は再び身震いし、彼は微笑んだ。「なあ、セリーナ、以前だったら俺はこんなにおかしなくらい短い時間に、人のことがこれ程までにわかるようになるとは思ってもみなかったよ。例えば君が嘘をつくとき、残念ながらしばしば起こることだがね、君の目は大きく見開かれ、青い目が白目の真ん中にくる。まるで池みたいに。それから何か俺が突拍子もないことを言って、笑うまいとして我慢している時は、口角が下がり、どういうわけか思いがけずえくぼができる。そして不安になっている時は、震えるんだ。君は今、不安になっているんだね」

「不安じゃないわ、泳いできたから寒いだけ」

「それじゃあ、何か着てくるといい」

「でもわたしは、先にあなたに言わなくてはならないことがあるの……」

「俺なら待てるよ、向こうで服を着て来なさい」


ジョージはテラスへと出て彼女を待った。煙草に火を点け、日の光が強くて薄手のコットンのシャツを通して肩に焼けるように暑かった。ロドニー・アックラントは去って行った。カサ・バルコから、セリーナの人生から。ジェニーが去って行ったのと同じように。ジェニーの亡霊は鎮まり、婚約解消の不幸な事件は、ただセリーナに打ち明けたことによって、永久に追い払われた。ジェニーとロドニーは二人とも過去の人だった。そして今は、楽しく愉快で、未来は希望に満ち、まるでクリスマスのギフトボックスのように嬉しい驚きで満ち溢れていた。

眼下の庭では、フアニタがシーツをロープに干していた。まだ幸せそうに鼻歌を歌いながら、大事件が起こっていたことに気づいた様子も全くなく、朝の洗濯物に取りかかっていたのだろう。ジョージは急にファニタへの愛着が高まるのを感じた。だれよりも彼自身の性格を知っていて、彼の行く手が地獄へと通じているときでも、いつも善意のうちに道を修正してくれた。そしてこのとき、ジョージは誓った。もし新しい本が出版されたら、彼女に献本しようと。ただ単にレースのナプキンの上に載せるために献本するだけではなく、何かもっと付け加えて。ファニタが、どうしても欲しくても自分じゃ買えないものを。絹のドレスか、宝石か、はたまた素敵な新しいガスストーブか。

セリーナの足音がして彼は振り返った。彼女はノースリーブのアプリコット色の麻のドレスを着て、少しヒールのついたサンダルを履いていたので、ジョージとほぼ同じ背丈になっていた。セリーナが美しいことにようやく気づいたというのが、ジョージには驚きだった。「君がちゃんとした服を着ているところを見るのは初めてだ。スーツケースが戻って来て良かったたな」

セリーナは大きく息を吸った。「ジョージ、話さなければならないことがあるの」

「何のこと?」

「わたしのパスポート」

「君のパスポートがどうかした?」

「ええと、あのね、あれはそもそも失くしてはいないの」

彼はビクッとし、とても驚いて眉をひそめた。「失くしていない?」

「ええ……その、昨日の午後、ペペと一緒に空港に向かう前に……隠しておいたの」

「セリーナ」彼はいかにも深いショックを受けたように言った。「どうして君はそんなひどいことをしたんだ?」

「ひどいことだっていうことはわかっているわ。だけど行きたくなかったの。あなたをドンゲンさんと一緒に残して行きたくはなかったの。あなたが二作目の本を書くことを、ドンゲンさんが望んでいないのはわかっていたわ。オーストラリアとかゴビ砂漠とか、どこかに行ってほしかったのよね、自分と一緒に。だからわたしはキッチンへソーダ水を冷蔵庫に取りに行ったときに、つい……」彼女はつばを飲み込んだ。「パスポートをパンのケースの中に隠したの」

「よくそんな大胆なことができたな!」

「ええ、わかっている。だけどわたしはあなたのことだけを考えていたのよ。だからつまり、わたしがロドニーと一緒にロンドンへ帰らない理由はもうどこにも無くなってしまったっていうこと。もちろん彼と結婚するつもりはないけれど。結婚できると思っていたなんて、なんて馬鹿だったのかしらね。でも、わたしはいつまでもここにいられるわけじゃないし」その声は小さくなっていった。ジョージも全く助け舟を出せなかった。「わかるでしょう?」

「ああ、もちろんわかるさ」彼は、何としてでもフェアーな態度をとろうとする男の表情を呈した。「我々にふさわしいことをしなくてはな」

「ええ、ええ。わたしもそう思っていたの」

「そうだな」チラッと腕時計に目をやるとさわやかに言い足した。「もし君がロドニーと一緒に帰るのなら急いだ方がいいよ。さもないと彼はタクシーに乗って、君がカラ・フエルテホテルに着く前に行ってしまうから……」

そしてセリーナが信じられないという眼差しで見つめるなか、ジョージは立ち上がり、ジーンズの尻に着いた白い漆喰を手でぬぐうと、次の瞬間にはタイプライターへ戻り、あたかも人生が掛かっているかのように、仕事に打ち込んだ。

それはセリーナが期待していた通りの反応ではなかった。彼女は、一時的にでも救いになることを言ってくれるのを待ってみたが、何も起こらなかった。泣きそうな気持を飲み込むと、まばたきをして、愚かにも浮かび上がった涙のかすかな光を振り払った。彼女はキッチンへ行くと、パンのケースを見つけて開け、パンを次から次へとカウンターに出して、最後にパスポートを滑り込ませておいたシートを取ってみた。

そこにパスポートはなかった。悲嘆、失望、全てが混乱の波にのまれて行った。彼女のパスポートは本当に失くなってしまった。

「ジョージ！」彼はタイプライターを打ち続けていて聞こえなかった。

「ジョージ、わたし……パスポートを失くしてしまったわ」

彼はタイプライターを打つのをやめ、穏やかに眉を上げた。「またかい？」

「ここにないのよ！　わたしは一番下に入れておいたの。でも無いのよ！　失くしてしまったんだわ！」

「それは大変だ！」ジョージは言った。

「何て事が起きたのかしら？」その声は嘆き声になった。

「ファニタが見つけたのかしら？　それとも、もしかしたらケースの中を掃除して、燃やしてしまったのかしら？　それか、捨ててしまったのかしら？　ひょっとしたら盗まれたのかもしれない。わたし、どうなってしまうのかしら？」

「さあ、わからないねえ……」

「そもそもこんなところに入れなければよかった！」

「自分で仕掛けた罠に自分で引っかかったのさ」とジョージはいかにも道徳じみた調子で言い、タイプライターに向き直った。

　ついに疑いの気持ちがもたげ、セリーナは眉をひそめた。確かに彼の振る舞いは不自然なまでに落ち着いていないだろうか？　そして彼の黒い瞳が輝いているときは、信用してはならない、ということをセリーナは知っていた。彼はパスポートを見つけたのかしら？　彼は見つけていて、隠しているのかしら、一言も言わずに？　空のパンのケースを後にして部屋をうろうろして、何気なく手がかりを探した。雑誌の角を持ち上げたりクッションの裏を覗いたり、まるで指ぬき探しのゲーム（訳注1）でもしているようだった。

　最後には彼の後ろに来た。彼は着古して、塩で硬くなったジーンズをはいていて、後ろの右ポケットが不自然に四角くなっている、まるで小さい本か大きなカードが入っているかのようにこわばって……彼はタイプライターをこの上なく速く打ち続けていたが、セリーナが確かめようと手をポケットにやると、手を伸ばしてきて、ぴしゃりとたたいた。

パニックは終わりを告げた。彼女はホッとして笑った。幸せの内に、愛に包まれて。セリーナは彼の首に腕を巻き付け抱擁したつもりが、あわや締め付けるところだった。「あなたが持っていたのね！　あなたが見つけたのね！　あなたがずっと持っていたのね、ひどい人！」

「返してほしい？」

「いいえ、わたしがロドニーと一緒にロンドンへ帰ってほしくないのなら」

「帰ってほしくないね」とジョージは言った。

彼女はジョージにキスをした。その柔らかい頬を彼のザラザラな髭だらけの頬に押し当てた。ジョージの頬はスベスベではなくアフターシェーブのいい香りもせず、日焼けして、あちこちに皺が走り、彼がいつも着ている洗いざらした木綿のシャツのように、すり減ってなじみ深いものであった。彼女は言った。「わたしも帰りたくないわ」ジョージがタイプライターで打っていた原稿には、文字がびっしりと並んでいた。セリーナは彼の頭の上にあごを載せて、言った。「何を書いているの？」

「筋書をね」

「新しい本の？　何について書いているの？」

「エーゲ海のクルーズだ」

「題名は？」

「全くいいアイデアが思いつかないんだけど、これは君に捧げるつもりだ」

「面白くなりそう？」

「そのつもりだ。実はね、もうすでに三作目の筋書も思い浮かんでいるんだ。今度は小説でね……」ジョージがセリーナの手を取り、近くに引き寄せたので、彼女は机の端に座り、ジョージの顔を見つめた。「それはある男の物語で、どこか小さな静かな村に住んでいるんだ。人に危害を加えようなんてことは毛頭思わず、自分のなすべきことに専念しているんだ。そこに、物乞いの女の子が現れる。彼女は彼のことが忘れられなくなる。彼を一人置いて去りたくなくなったんだ。その女の子は、全ての彼の友達を遠ざけ、彼のお金を使い果し、彼をアルコールに溺れさせた。彼は浮浪者となり、社会から追放されたのさ」

「最後はどうなるの？」

「もちろん、彼女と結婚するのさ。彼女は策を弄して彼をその気にさせたんだ。逃げ道は無かった。これは悲劇さ」

「わたしには悲劇には聞こえないわ」

「そうか？　悲劇のつもりだったんだがな」

「ジョージ、これはひょっとしたら、わたしへのプロポーズなの？」

「おそらくね。俺のへそ曲がりでひねくれたやり方でね。俺は、ゆうべはすまなかった。君を愛している」

「わかっていたわ」セリーナは彼の唇にキスしようとかがんだ。「嬉しいわ」彼女はもう一度キスをし、ジョージはタイプライターを押しやり、立ち上がると彼女を抱きしめた。少ししてセリーナが言う。「わたし達、アグネスに知らせなくちゃ」

「彼女はここに来たがらずに、妨害するんじゃないか？」

「そんなこと、あるはずないわ。アグネスはあなたを好きになるわ」

「アグネスに電報を打たなくちゃな。サン・アントニオから。今日の午後にでも。ロドニー・アックラントが向こうに着く前に。そして街に出たなら、イギリス人の神父様にご挨拶に行こう。ここにたどり着くまで遠い道のりであったがね。そしてルドルフォに結婚式の証人になってもらおう……」

「わたしは、ファニタに花嫁付添人になってほしいわ」

そう言われてみれば二人は、ファニタのことを忘れていた。そこで二人は笑いながら、手に手を取って、彼女を探しに行った。テラスの塀から身を乗り出してその名を呼んだ。しかしファニタは、何度も姿を現すほど野暮では無かった。農婦の勘で、彼女は事の成り行きを予感していた。そしてすでに彼女は庭からこちらに向かい、相変わらず背中をぴんと伸ばして、嬉しそうに笑いながら、大きく腕を広げていた、あたかも二人を抱きしめるかのように。

訳注1　指ぬき探しのゲーム　皆が部屋の外に出ている間に、一人が指ぬきをどこかに隠し、部屋に戻った皆が探すパーティーゲーム

翻訳者あとがき

戦後間もなくのイギリスで、孤独な人生を送っていた少女が、やがて自分の力で見知らぬ国へ父を訪ね、そこで思ってもみなかった色彩豊かな生活が始まってゆく。お話自体はシンプルで、しかもハッピーエンド……特にスペインの島での、型にはまらない、明るくのびやかな暮らしぶりは、ロンドンでの窮屈な幼少時代と対称的で、セリーナにとって、とても魅惑的なものとなっています。読んでいるわたしたちも、まるでセリーナと一緒になって明るい南国の雰囲気を追体験できるように描かれています。著者四十三歳の手になるものですが……そののち二十年後に書かれる代表作、『シェルシーカーズ』（朔北社）の中のシーンを彷彿とさせます。

ある日どこかでエトランゼ……

海外を旅して、風光明媚な観光地で現地の人と親しくなって……恋に落ち、そのままそこに移り住んだら……時にはそんな幻想を抱いたことのある方も、少なからずいらっしゃることと思います。変わり映えのしない日常から、パーッと新しい人生が開けるような。この『眠れる虎』（バベルプレス）では、二十歳の女の子、セリーナ・ブルースが、それをそのまま体現していま す。ほんの少しの勇気があったら…そこには著者ロザムンドから読者の背中をそっと押すような

「あなたの好きにしてごらんなさい」という、温かい励ましが感じられます。若い方にはそれは、そのまま恋のアドバイスになるかもしれませんね。ロザムンド・ピルチャーの小説の中に出てくる女の子は、一見内向的で、物柔らかく感じられるタイプが多いのですが、いざとなるとちゃんとした自分、というものを持っていて、ここぞ、というときにその力を発揮して、幸せを掴み取っていきます。セリーナも、追い詰められたときに、勇気を振り絞って幸せを勝ち取っていますね。その姿は、若い方だけではなく、落ち着いた人生を送っている大人にも、心に清涼感を与えてくれます。ロザムンドが、『シェルシーカーズ』（朔北社）の中で、「でも世の中、何であれ、思うようにいきゃしないんですものね」（朔北社　中村妙子訳より）と言っているように、人生は時に皮肉なものであり、幸せを掴んだ、と思っても、いつの間にかすり抜けて行ってしまうこともあります。著者も、そうした人生の悲哀を重々承知していて、だからこそなお夢見る大切さや、心を癒してくれる存在の大きさをわたしたちに気づかせてくれます。このストーリーはストレスの多い現代の世を生きるわたしたちに、著者から贈られた、愛あるプレゼントなのだと思います。

そして自然は、ピルチャーにとって自身を元気付けてくれるものであり、彼女の小説の世界でも人々が傷ついたり、憂鬱になった時に海や自然に触れて心癒されるシーンが多く描かれています。もう一人の主人公、ジョージ・ダイヤーが嵐の後、かすかに波打つ水面《みなも》や、呼吸するようにわずかに動くボートのへさき、そして澄んだ空気をとおして見渡せる、遠くサン・エスタバン教会の十字架を超えた内陸部に目をやり、心癒されていくシーンが印象的です。

このような美しい情景と、その暮らしぶり、家族や愛をテーマにした作風は、世界中で愛され、特にドイツでの人気は大変なものです。戦後、戦勝国イギリスに対する、ドイツの国民感情の雪解けの役割を、ロザムンド・ピルチャーの作品が果たしたとも、言われています。

ピルチャーは生涯カントリーサイドを愛し続けています。素朴な生活を愛し、『シェルシーカーズ』（朔北社）の成功によって裕福になり、有名になっても、その生活は今までと変わらぬシンプルなものでした。

ロザムンドにとって書くことはどういう意味を持っていたのか？　という問いにもこのように答えています。

「書くことは自分を解放することでした。結婚して夫に経済的に依存する形を取っていたので、良き妻であり、幸せな良き母であるためには（娘二人と息子二人の母でありました）、外に仕事を求めることはできなかったのです。自分を解放する唯一の方法は、自己実現することではなく、自分自身に立ち返ることでした。自分自身であること……書くことによって違う世界の中に身を置くことができたのです」と。（ZDF PROFIL DIE WELT DER ROSAMUNDE PILCHER より）

この小説を読み終えて、皆様の心には何が残りましたでしょうか……明日を生きる勇気と希望が持てたとしたら、訳者としても嬉しい限りです。

翻訳に当たり、大変お世話になりました、編集部の宮本寿代氏、良きアドバイザーである丸山和明氏、森京子氏、同じく良きアドバイザーであり、ロザムンド・ピルチャーの『夏の終わりに』（バベルプレス）に引き続き、表紙のデザインを引き受けて下さったPhilip Sneyd氏、そして、本文中のスペイン語部分の翻訳を担当してくれた、伴侶である野崎敦彦氏に、この紙面をお借りしてお礼申し述べます。

野崎　詩織

二〇一六年八月八日

著者紹介

ロザムンド・ピルチャーは、一九二四年九月二二日、イギリスのコーンウォールに生まれる。エルムス（The Elms）という大きな庭のある屋敷で幼少期を過ごす。それは、遊んだり夢見たり、嫌なことを忘れたりするのに理想の住まいで、後の小説家ロザムンドを育むにふさわしい環境だった。一五歳のときに最初の短編小説を書いている。

第二次世界大戦時は、英国海軍婦人部隊に入隊し、セイロン（現在のスリランカ）に配属になる。そこで婦人向け雑誌に偽名を使って短編を書いている（一九四五年、ロザムンド二一歳のとき）。戦時中は船で貨物の供給や発送の事務に関わり、機密の申告用紙に署名したりしていたので、本名で投稿することが許されていなかった。戦争が終わり、一九五五年から、やっと本名で執筆するようになった。

一九四六年、ロザムンド二二歳のとき、戦地から戻ってきたスコットランドの士官、グラハム・ピルチャー（紡績業を営む）と出会い、結婚する。二男二女をもうけている。ロザムンドは、子供たちが学校に行っている間に執筆し、子供たちの前で書くことはなかったという。休暇中もタイプライターを棚にしまい、夫と子供たちとともに時間を過ごした。

転機となったのは一九八七年、ロザムンド六三歳のとき、長編小説『シェルシーカーズ』（朔北社）を執筆し、これが欧米で一躍ベストセラーになったことだった（世界的に五〇〇〇万部を売り上げた）。きっかけは、アメリカの出版社がスコットランドに訪ねてきて、ロザムンド一家を高級なレストランに招待してくれたことだった。子供たちが「うちの母はどうしてそんなに有名じゃないんだろう？」と詰め寄ると「長編小説があればね」と出版社の者が答えたという。そこで子供たちが母ロザムンドに「長編小説は書けないの？」と訊いたところ「書けると思う」と言い、それが『シェルシーカーズ』（朔北社）の執筆につながったのだと、自らも作家である息子のロビン・ピルチャーが回想している。

二〇〇二年に大英帝国勲章（ＯＢＥ）受章、二〇〇九年には夫グラハム・ピルチャーが他界した。

二〇一二年に執筆活動を引退したが、自分にとって書くことはまるで旅に出るようなもので、とても幸せな時間だった、と振り返っている。そしてこれからは、自ら好きな場所に旅行できるから寂しくない、と語っている。現在も、結婚して居を構えたスコットランドのダンディー(Dundee）に住まう。

主な著書に『シェルシーカーズ』『双子座の星のもとに』『九月に』（いずれも朔北社）、『メリーゴーラウンド』（東京創元社）など多数。一〇〇を超える短編小説がある。

翻訳者略歴

野崎詩織

一九六二年　東京生まれ

一九八五年、中央大学文学部ドイツ文学専攻科卒業。メーカー勤務のかたわら、バベル翻訳学院にて翻訳を学ぶ。

一九八九年、ドイツのゲーテ・インスティトゥート・フライブルクへ留学、研鑽を積む。その後、ドイツ語学院ハイデルベルク勤務のかたわら、ドイツ語習得に勤しむ。

一九九五年、主人のデュッセルドルフ駐在に伴い渡独、ドイツをはじめヨーロッパで見聞を広める。

現在はモンテッソーリ教育の保育園にて、子供たちの早期教育や英語教育に携わる。

訳書にロザムンド・ピルチャー『夏の終わりに』（バベルプレス）がある。

眠れる虎

発行日	2017年8月3日
著　者	ロザムンド・ピルチャー
翻訳者	野崎詩織
表紙イラスト	Philip Sneyd
発行人	湯浅美代子
発行所	バベルプレス（株式会社バベル） 〒180-0003 東京都武蔵野市吉祥寺南町2-13-18 TEL　0422-24-8935 FAX　0422-24-8932
振　替	00110-5-84057
装　丁	大日本法令印刷株式会社
印刷・製本	大日本法令印刷株式会社

定価はカバーに表示してあります。

落丁・乱丁本の場合は弊社制作部宛てにお送りください。
送料は弊社負担にてお取り替えいたします。
ISBN 978-4-89449-170-0